キミは文学を知らない。

小説家・山本兼一と
わたしの好きな「文学」のこと

山本 英子

灯光舎

目次

職業は、作家

「「本と人生」をテーマに文章を書きませんか」

京都の出版社からこんな原稿依頼をいただいた。

わたしは本を書いてきた。夫もそう。

テーマを聞いて思い浮かんだのは、夫の仕事場にある数十冊のノートだった。

翌日、わたしはバスに乗って仕事場へ行きすべてのノートを持ち帰った。そして物語のアイディアと取材記録が詰まっている古いノートを、初めて開いた。久しぶりに見る癖のある文字。本と暮らしてきた日々を書くのなら、歴史小説を書いていた夫のことから始めようと思った。


名前は山本兼一。彼の小説が初めて出版されたのは、二〇〇二年だった。一九五六年生まれ、四六才の新人作家は「遅咲き」と言われ、作家デビュー前はフリーランスライターをしていたと答えると「苦労人」という言葉が加わった。

「遅咲きの苦労人」——山本兼一はこう書かれ、言われることを気にしていなかった。

そばにいた者として思う。彼に何か言葉を加えるなら「旅する人」だ。

＊＊＊

彼が勤務していた編集プロダクションを退社し、フリーランスライターになったのは一九八六年。結婚する前年の独立だった。出版社の編集部や企業の広報などから依頼を受け、老若男女多くの人に会い、たくさんの場所へ行き、雑誌や書籍の原稿を書いていた。このキャリアが物語りのタネを見つける感覚を養い、そのタネを育てる方法を身につけたのだと思う。小説を書くタイミングは、人それぞれだ。

デビュー作は『白鷹伝』。二作目の『火天の城』は松本清張賞を受賞し、それから執筆の依頼が増えた。そして五二才のときに第一四〇回直木三十五賞を受賞した。

一番多くの連載を抱えていたのは二〇〇八年だった。小説雑誌、新聞小説など一年間で八本の連載をもっていた。原稿執筆の合間を縫って新作の取材に出かける。エッセイの依頼や対談、書籍出版の打ち合わせ、新聞、週刊誌のインタビューを受けていた。一つの原稿を仕上げると、次の締切りがやってくる。締切りと鬼ごっこしているようだった。休みは、ほぼない。仕事の詰め込みすぎで疲労が溜まっていないかと心配で、わたしは一度彼に聞いたことがあった。

「かなり忙しいようだけど、大丈夫？」

「大丈夫じゃないよ。忙しすぎてウッカリ死んでいた人を登場させて、担当編集者さんに指摘されたよ」

わたしの想像とは違う答えが返ってきた。呆れて「……うれしそうだね」と伝えたら「こんな間違いするなんて、人気作家みたいでしょ？」。得意気な顔をしていた。

小説を書くことが大好きだった。なのに仕事場のカレンダーは、二〇一三年一二月で止まっている。この月に山本兼一は前年に発症した肺がんが悪化し、二度目の入院をした。体力のつづく限り病室で原稿を書き、推敲していた。そして翌二〇一四年二月一三日に旅立った。

二〇二四年二月一三日は一〇回目の命日だった。年月が経つにつれ、山本兼一が作家として生きた記憶が薄れていく。それは、そういうものだ。彼のそばにいたわたしもそう。この文章は仕事場に残っていたノートを手がかりに、思い出を確かめながら書いている。

＊＊＊

夫はわたしに「作家をめざしている」と言ったことはなかった。でも、一緒に暮らしはじめたころからなんとなくわかっていた。彼は作家を仕事にしたいと考えていると。

京都へ戻ったのは一九九二年。それから少しずつライター仕事の内容が変わっていった。雑誌記事より関西の著名人の書籍にかかわることが増えた。いわゆる、ゴーストライターだ。東京での打ち合わせ回数も減り、自室で何かを読み込む時間が多くなっていく。小説を書く準備だとわかったが、特別な感情はなかった。ただ「どの方向なのかな?」とは考えてた。

いつもの仕事をしながら小説のプロットをつくり、取材をしていた。

初めて山本兼一の作品が活字になったのは一九九八年。祥伝社の『小説NON』に短編小説が掲載された。翌年に同誌の「『小説NON』創刊150号記念短編時代小説賞」に『弾正の鷹』で応募。これは佳作に選ばれた。それからしばらくして、夫はわたしにこう言った。

「これからは小説だけを書いていけるよう、仕事を整理しているんだ」

どこで聞いたのか、季節はいつだったのか、覚えていない。一つ記憶に残っていることは「うん、そうなんだ。歴史小説なら、大丈夫だよ」と返事をしたことだ。

わたしは「歴史小説なら、大丈夫」と言ったが、本心は「このジャンルを選んでよかった」だった。彼の文章は、いろんな手触りがする。地面のようにザラッとしたり、絹のようになめらかで繊細だったり。彼のもっているたくさんの言葉は、現代小説より歴史・時代小説のほうが、断然生きる。

ずいぶん偉そうなことをいったが、わたしは本気だった。

彼の言葉を聞いて考えたことは、わが家の財政について。二人の子は小学生、そんなにお金はかからない。このジャンルなら、大丈夫だろう。小説が仕事になるまで待てる。二年くらいなら……。

山本兼一は、歴史・時代小説を書くことを選んだ。これは彼の意志だ。けれど、育った環境の影響も大きいと思う。

京都で生活していると「歴史」との距離が近くて驚く。千葉県出身のわたしは、この事実に慣れるまで時間がかかった。角を曲がろうとしたら「山名宗全邸宅跡」の石碑がある。路地の真ん中に石柱がある。不思議に思ってよく見ると「狩野元信邸跡」と彫ってあるのだ。

家庭環境も影響していると思っている。義父山本唯一は、国文学者だった。中世・近世の俳諧の研究者で松尾芭蕉の研究に力を注いでいた。書斎には、歴史の教科書で名前だけ知っていた『和漢三才図会』がそろっていた。幼いころの兼一は、これをちょっとこわい絵本の感覚で見ていたらしい。

『群書類従』『続群書類従』『史料綜覧』が全巻そろっている。古地図、京都の地名辞典、京都名所図絵豪華本……歴史小説執筆に役立つ書籍が、義父の部屋にたくさんあった。息子は史料の基礎的なたどり方を父に聞き、父は丁寧に答えていた。

その義父は、二〇〇〇年の秋に亡くなった。息子の小説出版を気にしないふりして心待ちにしていたが、間に合わなかった。

夫は「父子関係は良好ではなかった」と言っていた。事実、一緒に食卓を囲んでいたのに親子らしい会話は、なかった。わたしは間を取り持とうとしたがすぐあきらめた。夫は頑なだった。しかし、父から得た知識と受け継いだ蔵書が彼の執筆の助けになっていたことは確かだ。直木賞受賞後のエッセイで、彼は父親のことを書いていた。たぶん、これが父親との関係を公にした初めてだ。わたしは「長い思春期が、やっと終わったんだ」と思った。

＊＊＊

自宅から車で一五分ほどのところに仕事場があり、原稿はそこで書いていた。京都市北部郊外の新興住宅地にある一軒家だ。彼が大学生のころに一家で移り住んだと言っていた。わたしと夫は五年間の東京暮らしのあと、この家へ引っ越した。義母が亡くなった一年後のことだった。その後二人の子が生まれて義父と五人、六年ほど一緒に住んでいた。

山本家が以前住んでいた家は、残してあった。かなり手狭だけれど街なかなので、日々の暮らしはこちらのほうが断然便利だ。娘が就学するタイミングで建て直してこちらに移り、郊外の家は彼の仕事場となった。

今でもそこは当時のまま。机は、東京のライター時代からずっと使っていた四人用のダイニングテーブルだ。椅子は背もたれが大きなワークチェア。見た目のバランスは悪いけれど、資料を広げ原稿を書くのにちょうどいい。執筆は富士通のパソコン。指の動きがスムースで、たくさんの文字を打っても疲れにくいと、親指シフト配列のキーボードを愛用していた。

キーボードから目線を上げたところに、コルクボードが下がっている。赤いダーマトグラフで大きく書いた締切り日のメモと、執筆予定の新作のタイトルがプリントアウトして貼ってある。一つは、連載途中で未完成で終わってしまった「平安楽土」。そのほかに鎌倉時代、江戸時代、昭和時代などを題材にしたタイトルが五本。どれも並行して取材し、資料を集めはじめたところだった。

山本兼一の作品の舞台は日本の歴史が大きくうねるとき。有名、無名はこだわらず、その時代にすっくと立っている人を主人公に、物語をつくった。なかでも戦国時代から安土桃山時代を舞台にしたものが多い。これには二つ理由があった。一つは信長が好きだったから。

「信長だけなんだ。戦国武将のなかで彼だけが日本という国をどうするか、ビジョンをもっていた」

そして、この時代を選んだもう一つの理由をこう言っていた。

「この時代は、残されている史料の分量がいいんだ」

彼は、史実をなるべく崩さないよう、史実の空間を物語りで埋めていた。大胆に、繊細にストーリーをつくっていた。

デビューから三作は織田信長にこだわって書いていた。信長を主人公にした小説はたくさんあり、ファンも多い。織田信長は手強い。だから、こだわっていた。

誰も当てたことのない角度から織田信長に光を当て、物語をつくろうとしていた。どうすれば後発の歴史小説作家が、読者に注目されるかを考えた。もちろん、この「読者」のなかには文芸担当の編集者も含まれている。

山本兼一は、したたかだった。

＊＊＊

仕事場に残るノートで一番古いのは、一九九六年のものだ。この年から戦国時代の史料の読み込みが始まっていた。『信長《しんちょう》公記』にはじまり、何冊もの史料から抜粋した記述がある。信長に光を当てる角度を模索していた時期だ。探していた「角度」を見つけたのは、ある史料の一文からだと言っていた。それは山本兼一にしか見えない物語のタネ。これを見つけたとき、どんなにワクワクしただろう。そして彼はそのワクワクを育て、自分だけのテーマにつくり上げた。

それは、信長に仕えた職人だ。鷹匠、安土城を築城した宮大工、砲術家を書いた。彼はこれを「信長テクノクラート三部作」と言っていた。テクノクラートとは技術、科学部門出身の官僚のこと。

三部作のなかで最初に取材を始めたのは、安土城だ。一九九七年のノートに「安土城炎上」と書いてある。そしてノート後半には短編で書いた鷹匠のタイトルもあった。このころはライター仕事の合間を縫って、二つのテーマを追っていた。

専門家を探し、取材を申し込んでいた。信長ゆかりの場所へは何度も足を運んでいた。自分の目、鼻、耳、肌で感じることを大切にしていた。必要だと思えば、なんでも体験しようとしていた。取材が身についているライターは、物語の基礎づくりを納得いくまでしていた。

一つのテーマを数年かけて取材することが常だった。これは入院する直前まで変わることはなかった。担当編集者からは、取材熱心な作家と思われていただろう。たしかにそうだが、取材は作品のためだけではない。山本兼一自身のためでもあった。

取材は彼を旅人にする。数日間家に帰らないこともあった。知らない町、なつかしい町、国内、海外、行きたい場所へ出かけていた。そして、晴れ晴れとした顔でお土産を手に帰ってきた。いつも楽しそうに……。その顔を見るたびに、彼には旅が必要なんだ、と感じたものだった。

娘と息子が小さいころは「お父さん」として、取材旅行に家族旅行を合わせた企画をしていた。ガイドブックを用意し、取材したい場所の近くで子たちが遊べる場所を探した。それをまとめ、プリントして日程と趣旨をわたしに説明していた。いつも几帳面だった。家族旅行はうれしかったが、基本は小説の取材。なかなかハードな旅だった。

現在は「天空の城」とよばれて人気なスポットになっている竹田城跡は、遊歩道が整備される前に行った。あのときは訪れる人は少なく、足場が悪く子連れにはきびしかった。景色はよかったのだろうが、覚えていない。

岐阜県の賤ヶ岳を歩いたときも大変だった。「地形の感覚を身体に入れたい」と、山本はひたすら歩いていた。子たちはついていけないし、わたしは行きたくない。ずっと虫とりや花を摘んだりしてお父さんが帰ってくるのを待っていた。退屈すぎて、残されたわたしたちの忘れられない旅の思い出になっている。

関ヶ原の取材は現地へ同行する気にはなれず、わたしは子たちと「関ヶ原町歴史民俗資料館」のなかで過ごすことにした。全展示を丁寧に見たが、お父さんは帰ってこない。しかたがなく戦国武将のグッズが並ぶ土産物コーナーで買い物をして待っていた。記憶をたどっていたらなつかしくなり、この施設を調べてみた。現在は「関ヶ原町歴史民俗学習館」となり、関ヶ原の戦いについての資料は隣接する体験型施設「岐阜関ヶ原古戦場記念館」に移されたとあった。

＊＊＊

夫はたびたびメディアから取材を受けていた。作品についてだけではなく、時にはプライベートな質問もあった。忘れられないインタビューがある。それは某新聞社によるもので、インタビュアーはベテランの女性記者だった。

「立ち入ったことをお聞きします。勤めをやめてフリーランスのライターになったとき、奥様は心配なさっていたのではないですか?」

「心配してなかったです。もしかして、サスペンスドラマに出てくる事件に巻き込まれる貧乏フリーライターを想像しています? ライターは立派な専門職です。日々仕事で忙しくしていましたよ」

こう答えていた。

次の質問は「原稿は深夜に書くのですか?」

「時には深夜まで書くこともありますが、夜寝て朝起きて仕事してます。みなさんと同じですよ」

ありのままを答えていたが、記者は「そうなんですか……」と返していた。彼の答えが、多くの人がもつ作家のイメージどおりでなくて、拍子抜けしているようだった。

夫はライター時代から、仕事は朝から始めていた。昼夜逆転の生活はしたことがない。月刊雑誌の締切り前は徹夜で書いていたが、作家になってから徹夜は、ほぼしなかった。早寝、早起き……いや、ものすごい早起きだった。夜七時に帰宅。家族と食事をして入浴。九時半には就寝、三時ごろ起床し、車で仕事場へ向かっていた。

当時、わが家にはコムギという名前のネコがいた。山本は特にネコ好きでもなかったけれど、コムギは彼にネコジャラシで遊んでもらうことが好きだった。

ある日、気がついた。コムギが大きくなってた。毛繕いをするお腹の肉がタプタプしてる。体重を量ったら、八キロ！　小型犬よりずっと重い……。食べすぎで肥えたんだ。子たちに聞いたが、ごはんはあげていないと言う。

帰宅した夫に、「朝、コムギにごはんをあげている？」と聞いた。

「仕事へ行く前に毎日食べさせてるよ。ごはんあげるまでニャーニャー鳴きっぱなしだから」

コムギの頭を撫でながら答えた。

わたしの起床は六時半過ぎ。朝一番にコムギに朝ごはんをあげるのが日課だ。ということは、シレッと二度の朝ごはんを食べていたのだ。コムギの食事は一日三回と決めていたが、実際は四回食べていたのか……。太るはずだ。

翌朝、わたしは子たちの弁当をつくるため台所に立った。コムギ用の茶碗を見たら、紙が置いてあり、オレンジ色のペンで「朝ご飯たべました　コムギ」と書いてあった。耳が尖って、口元が笑っているコムギの似顔絵つき。絵心はなかったが、この絵はかわいらしかった。

＊＊＊

作家の仕事は、「書く」ほかに「話す」もある。それは講演やトークショーで講師として話をすることだ。山本は積極的に講師を務めなかったが、取材でお世話になった方から依頼があれば、遠方でも出かけていった。

もともと話し好きであったし、取材のエピソードはいろいろもってる。何より彼は関西人、そこそこおもしろい話の「はいり」を考え、作家らしく終わるよう「しめ」を考えていた。一時は「はいり」より「つかみ」を気にするようになり、法螺貝を吹きながら登壇する、なんてことをしたらしい。ちなみにこの法螺貝は、修験道の取材をしたときに譲り受けたものだ。しかし数回で断念。法螺貝の吹き方は習ったが、経験不足で音程が安定しなかったらしい。「つかみ」を失敗すると動揺して講演に悪影響を与えてしまったと言っていた。

そのほかにテレビ、ラジオ番組への出演依頼もあった。自分の著書を手にしてほしい。興味をもって読んでくれたら。その思いで出演していた。

人気クイズ番組のテーマと彼の著作がリンクしたことがあった。番組中で作家としてコメントが欲しいと出演依頼があった。

「わかりやすく、ゆっくり話せたと思うよ」

収録を終え帰宅した彼が、ホッとした顔で言っていた。オンエアを見ると、彼の話が微妙なところで切れていた。インタビューの編集は、しかたないこと。でもこれでは、誤解されるかも？　胸騒ぎがした。

人気番組の影響力は大きい。作品は注目され、検索サイトでは「山本兼一」の検索数が上がった。やがてテレビでの発言が一人歩きして、ネガティブな意見が出てきた。小説の好みは人それぞれなので、それは気にならない。作品ではなく山本個人の事実でない批判、中傷も出てきた。わたしはつらかった。彼は、傷ついているだろう。どうすることもできないけれど、思い切って聞いてみた。

「いろいろ言われて、しんどい？」

「気にならないな。褒められるのは心地いいけど、それは狭い世界でしょ。ネガティブな意見が出るって、作品が広まった証拠。それに、誤解はいつかとけるから」

こう言って、いつもどおり原稿に向かっていた。彼のこころは、しなやかだった。

＊＊＊

夫は「職業作家でありたい」そう言っていた。執筆開始まで小説の構成をじっくり考えていた。納得のいく取材をし、キャラクターをつくり込む。そして、読者にページをめくらせるフックをつけて書く。これを、とても意識していた。

彼は物語の入り口と出口を丁寧につくった。「広げた風呂敷は、キチンと閉じる」――読後感を美しくすることを大切にしていた。そしていつも、楽しんで原稿を書いていた。

構成は「起承転結」ではなく「起転承結」がいい。ドライブがきいてワクワクするし、読み進めたくなる。そして「凡作を恐れない」とも言っていた。

ありがたいことに骨太の歴史小説と評価されていた。大工が家を建てるように、作家は物語を書く。職業としての作家にこだわっていた結果だと思う。

「ボクの小説は文学というよりエンターテインメント。エンターテインメントは「書けない」ということはないんだ」

たしかに彼は締切りを落とすことはなかった。

しっかりプロットをつくり淡々と原稿に向かっていたが、締切りが重なり思うように筆が進まないときもあった。穏やかで冷静な性格なので感情的になることはなかった。が、それを知ることはできた。圧力鍋だ。

執筆に悩んでいるとき、彼は仕事場の台所で煮込み料理をつくっていた。いつも簡単な昼食は自分で用意していたので、台所に立つことは苦にならない。

進まない仕事の頭をリセットしたいとき、気分転換したいとき、彼は車に乗らず歩いてスーパーへ行き、食材をそろえ料理していた。

「みんなの分もつくったよ」

七時に圧力鍋とともに帰ってきたときは、あぁ、大変なんだ、そう思ったものだった。野菜たっぷりの無水カレー、豚バラ肉の塊を昆布と醤油と酒、砂糖で味付けた料理がおいしかった。

話はそれるが、夫婦ゲンカでも彼は淡々としていた。感情のまま喋るわたしは、言うだけ言ったらケンカの原因をさっぱり忘れてしまう。彼は、自分がどうして気分を害したかを、理路整然と話し、静かに長く怒っていた。

それがあるときから怒りを瞬間爆発させるようになった。今なら、わかる。体調が悪くなりはじめていたのだろう。あのときは、多忙からのストレスとあきらめていた。もう少し、寄り添っていたならば……。人生に「たらば」はないのに、ときどき思う。

＊＊＊

中学生時代のヤーケンは、革命家に憧れ、詩人になりたかった。高校生のころのヤマモト君は、小説に夢中になり、文芸サークルを立ち上げてガリ版機関紙を発行していた。大学生のヤンチは、日本が窮屈でおもしろくなく、会社員になることに興味がなかった。

就活は形だけだったらしい。内定をもらった企業がないまま大学を卒業した。そしてアルバイトで貯めたお金で海外へ旅立った。それは一九七〇年代の終わりころ。バックパック一つで海外放浪するいわゆるバックパッカーだ。これは「自分探しの旅」だったのだろう。

わたしは、どの時代の山本兼一も「そうなんだ」と思える。でも、海外放浪の自分探しは「そうなんだ」とは思えない。わたしが大切にしていることは「現実」を見ること。探さなくても「自分」はここにいる。旅に出たら「自分の知らない自分」を探せると思うことが、理解できない。

彼はたくさんの国を旅したと言っていた。インド、トルコ、ネパール、アフガニスタン、中東のどこかとヨーロッパの国をいくつかまわったらしい。彼は何度か旅の話をしてくれた。わたしはなんとなくしか聞いていなかったので、記憶があやふやだ。行きたいところへ行き、最終目的地はパリと言っていた。

およそ一年間の旅で、探していた自分は見つかったのだろうか？　帰国を迎えてくれた友人は、社会人だ。彼はそのとき、どんな心境だったのだろう。

それから現実と向き合い、就職のために京都から東京へ引っ越した。そして一二年後、作家になるために京都へ戻った。

＊＊＊

ある日「仕事」というテーマでリクルート系の雑誌から取材の申し込みがあった。「理想の仕事に就いた人」としてインタビューを受けていた。

「理想の職に就くには、どうしたらいいでしょう？」と聞かれ、彼は答えていた。

「目標とする仕事があるなら、そこにすぐにたどり着かなくてもあきらめないでほしい。できるだけ目標とする世界の近くに、身を置くようにしたほうがいい」

これは、自分の経験からの言葉だろう。山本兼一は、詩人に憧れていたと言っていた。けれど作家に憧れてはいなかった。目標としていたのだ。作家という職業に就くと決め、そのためにどう進んでいけばよいのか考え、行動していた。

常に書く仕事に携わっていた。理想の仕事が視界に入る環境に身を置くことは、しんどい。それでも励みになる。才能を感じる小説を読むと、落ち込む。特に才能を感じないのに売れている小説を読むと、途方に暮れる。そんなことをくり返しているうちに彼のこころは、したたかに、しなやかになっていったんだろう。

「道に迷いそうになったら、日本を探して歩くといい」と言っていた。まるで、かつての自分への言葉のようだ。

そして五七才で人生を閉じるまで、出版した書籍は二四冊。

こんなことも言っていた。

「ぼくは日本の深層に旅するつもりで、歴史小説を書いている」

そうか、彼の「自分探しの旅」はここにつながっていたんだ。

挑んだ松本清張賞

山本兼一は本名で小説を発表する一年前、「北山密」のペンネームで本を出版していた。執筆のきっかけは旧知の編集者からの問い合わせだった。

「シミュレーション時代小説の書き手はいないか?」

シミュレーション時代小説とは、時代設定は史実どおりで、エピソードは仮想の小説だ。テンポがよくゲーム感覚ですらすら読める。夫は自分が書くと返事をし、北山密の名で『真田幻闘記』と『真田幻闘記Ⅱ』の二冊を書いた。

わたしは、ライター仕事の延長として引き受けたのだと思っていた。それは違っていた。このころから夫は歴史・時代小説を書くために準備していた。ライターではなく作家として小説を書いてみたい。そう思い自分が書くと返事をしたのだ。

わたしが彼の考えを知ったのは、最近だ。この原稿を書くにあたって夫の仕事場へ行った。そして何気なく戸棚にあったファイルを開いたら、インタビュー記事が挟んであった。

「……初めて書いた小説が出版され、本格的な小説執筆への気持ちが高まった」と語っていた。

この言葉を裏づけるように、当時の取材ノートの熱量は高い。

史料を読み解きながら、たくさんの閃きがあったのだろう。勢いある文字でその断片が書き留めてある。なかでも分量が多いのは、安土城と鷹狩りについての記述だ。作家デビュー前のノートは迷いと興奮が詰まっている。ワクワクしている気持ちが伝わって読んでいて楽しいが、意味がわからないところも多い。彼がいたならたずねてみたいが、彼がいたらわたしがこのノートを見ることは、なかっただろう。

＊＊＊

ノートのなかの「鷹」の文字を見ていたら、忘れていた記憶がよみがえった。子たちが幼稚園へ通っていたころ、某動物園関係者から電話があった。

「チョウゲンボウが保護されました。二、三日後に引き取りにこられますか？」

若い声の男性は、引き取りありきで話しはじめた。チョウゲンボウってなんだろう？　と思いながらわたしは山本の不在を告げ、帰り次第電話すると言った。戻った夫に電話があったことを告げると、顔がパッと明るくなった。

「思ってたより、早かったなぁ。チョウゲンボウって小っさい猛禽類、飼おうと思ってるんだ」と言った。

戦国時代の鷹狩りをテーマにした作品を書こうと資料を集め、取材をしていることは知っていた。プロットの精度を上げようとライターの仕事をしながら日本放鷹協会へ入会した。そこで鷹匠の方から話を聞き、活動を見学していた。

彼は鷹狩りに夢中だった。しかし、小説のために猛禽類を飼うなんて、聞いていない。というか、どのようなコネクションをもったら、こんな話がくるんだろう？　若くない義父、子たちは幼い、ネコも一匹いる。彼らに何かあってからじゃ、遅い。

「猛禽類なんて危ないよ、どこで飼うつもり？」

驚いてたずねた。

「鳩より大きくてカラスより小さいの。そんな危なくないって。庭に小屋を建てれば、大丈夫」

「庭をつぶすつもりなんだ。餌は？　猛禽類って肉食でしょ？」

呑気な声にイラッとしながら、質問した。

「鶏のササミ肉でいいんだって。しかも、毎日あげる必要はないんだ。ネコより飼うの簡単だよ」

どうして飼う前提で話を進めるのだろう? ネコはなつくけれどチョウゲンボウはなつくの?

それに猛禽類のもつ危険な爪、絶対阻止だ! わたしは考えた。

「わかった。でもここは、お義父さんの家。お義父さんとちゃんと話して、それで納得しはったらチョウゲンボウを飼いましょ」

いつも会話が少ない父と子。思春期のあることが原因で仲が悪くなり、いまだにそれを引きずっているようだ。居間に夫と義父をよび、わたしは二人の子と公園へ出かけた。久しぶりに父子でじっくり会話をしてもらおう。

一時間後、帰ってみたら居間にはだれもいなかった。わたしは彼の仕事部屋に行った。

「電話くれた人に、ウチじゃ飼育は無理です、と断ったよ」

すぐにこう言った。作戦は、成功した。

チョウゲンボウを飼育しなくても、短編小説は完成した。題名は『弾正の鷹』。夫はこれを『小説NON』の「創刊150号記念短編時代小説賞」へ応募したと言った。そんなことを考えていたなんて、知らなかった。結果は大賞を逃したが佳作に選ばれた。受賞式は祥伝社でおこなわれ、賞金もいただいた。歴史小説の書き手として歩きだした彼の次の目標は、単行本出版だ。多くの時間をパソコンに向かって過ごしていた。

ある日の午後、仕事部屋から出てきた夫は言った。

「プロットも固まったし、鷹匠を主人公にした長編小説を書きはじめるよ。で、これ見て！物語の重要人物が生まれた土地で、鷹狩りの体験ができるんだ。どう思う？」

夫はわたしに「モンゴル・犬鷲狩り体験ツアー」のパンフレットを見せた。「どう思う？」と言っていたが、申し込む気満々の顔をしていた。わたしはパンフレットを詳しく見て納得した。ツアー料金が、佳作賞金とほぼ同額だ。鷹狩りといっているけれど、犬鷲狩りと書いてあるのも気になった。モンゴルの鷹匠は、犬鷲を使って狩りをするの？　いや、鷹でも鷲でもどっちでもいい……。

「賛成できない。けど、行きたいんでしょ」

楽しそうにしている夫に言った。

誤解されたくないので書くが、わたしは賞金を使い切るから反対したわけではない。体験ツアーの日程表に「山岳地帯なので馬で移動」と書いてあったからだ。

山本兼一に、乗馬経験はない。そして運動が得意ではない。そんな人が乗馬で移動ができるのだろうか？　落馬して崖下に転落したら……、と心配だったのだ。

半月後、わたしの心配をよそに彼は旅立った。携帯電話の通信状態がよくなかった時代だ。ウランバートルに到着したと連絡があってから一週間は連絡がとれなかった。

そして帰国予定の日、空港から電話が入った。すべてがうまくいったと言っていた。往復の移動も落馬せず、ゲルでの宿泊は快適。念願のモンゴルでの鷹狩り……犬鷲狩りは、想像以上にすばらしかったと興奮していた。その声を聞いて、わたしは「よかったね」とだけ伝えた。それから彼は何度も取材旅行へ行ったが、モンゴル行きほど心配した場所はなかった。

モンゴル取材でのお土産は、子たちにはシャガイと羊毛フェルトでつくったゲルのミニチュア。わたしにはカシミアのマフラーだった。シャガイとはモンゴルの言葉で「家畜の踝の骨」だそう。「めずらしいだろう？　全部羊のうしろ足の踝の骨だよ」と言って彼はうれしそうに小袋に入った五〜七個の骨を並べてた。シャガイは遊牧民の子たちの遊び道具で、大人たちは占いに使うらしい。このシャガイ、今は一つだけになってしまった。残りはどこへいったのだろう?

＊＊＊

丁寧な取材を重ねた鷹匠の物語は、長編小説『白鷹伝』となり二〇〇二年に祥伝社から出版された。山本兼一は、目標だった作家デビューを果たした。織田信長のお抱え鷹匠を主人公にした物語は、何度か書評に取り上げられ、読み応えある歴史小説といわれた。今までにない角度で織田信長に光が当たった。

カバーの装画は、日本画家の北村さゆりさんの作品だ。杉板に描かれた雄々しく美しい白い鷹は、デビュー作出版の記念に購入した。今でもわが家で大切に飾っている。

『白鷹伝』の巻末には「これは書き下ろし作品です」と記してある。意味は、小説雑誌やウェブでの連載を経ず出版された本、ということだ。山本は、その一文を見て言った。

「なるべく早く、巻末の文章を変えたいな」

わたしがこの言葉の意味を理解するには、しばらく時間がかかった。

山本兼一のデビュー作は『白鷹伝』だが、じつは安土城の物語を先に書こうとしていた。が、取材を進めるうちに執筆に時間がかかるとわかり、取りかかる順序を変えたのだ。

具体的に安土城の取材が始まったのは二〇〇〇年だ。取材ノートを見ると、築城にかかわった人足の人数、城の床面積を計算した記述がある。『白鷹伝』を書いている最中だ。彼は頭のなかで安土城を建てながら鷹狩りをしていたのだ。

さらに詳しくノートを見ていくと、記憶がよみがえってきた。この時期、二作品だけに集中していたわけではなかった。原稿を書きながら、その先の作品のための取材を始めていた。このころは書きたい小説のタネがどんどん生まれていた。

安土城の物語を書きはじめた二〇〇一年、構想段階だった新しい物語の主人公のために、春と夏二度山伏修業へ出かけていた。奈良の大峰山系に五日間、山形の羽黒山で九日間だ。

二〇〇二年は「刀」についての記述が出てきた。そして二〇〇三年は「信長テクノクラート三部作」のラスト、砲術家の物語の取材のため種子島へ行っていた。つづいて山岡鉄舟を調べるために東京谷中の全生庵へ通いだした。刀剣の取材も始まっていた。とても熱心に取材をしていて、八冊のノートが残っている。奈良県の東吉野にある刀匠河内國平親方の鍛刀場の取材では、親方にお願いして泊まり込みで行っていた。日本全国、忙しく出かけ家にはあまりいなかった。ちなみに、これらの取材はすべて作品になっている。

一つの物語を執筆しながら、新しい取材や資料を集めはじめる。物語の完成前は意識してそうしていたようだった。いったん原稿から離れると、熱量が高くなり書きすぎていたところが見える。そう言って削る作業をしていた。

取材ノートを読み返していると、好奇心旺盛で、人なつこい彼の性格を感じる。やや厚かましいところがあったと思う。何度も質問して、熱心にノートをとっていたのだろう。取材から帰ると、話をうかがった方たちのすばらしさをわたしと子たちに話していた。楽しそうだった。彼の作品は、たくさんの人のおかげで完成した。

夫は新しい刺激を受けながら、熱心に安土城の物語の執筆を進めていた。疑問が生まれるとその道のプロを探し、話を聞かせてもらう。粘り強く原稿に向かっていた。

二〇〇三年に大洲城の復元の現場を見学できる幸運にめぐりあった。この見学は大いに参考になったと言い、取材後一気に書き上げた。

『火天の城』と題名をつけた作品は、取材に五年、執筆に二年かかっていた。しかし、書籍になるめどは立っていなかった。

＊＊＊

わたしは『火天の城』の原稿を読んでいた。長い取材で得た知識は、邪魔することなくすっきりと物語に落とし込まれていた。主人公の棟梁と家族の物語もよかった。台詞にやや劇画調なところがあったが、読者を引っ張っていく力は充分で最後まで楽しめる物語だ。きっとこの作品を世の中に出してくれる出版社は見つかるだろう。そう信じて心配はしていなかった。

しかし『火天の城』は、出版どころか原稿を読もうという編集者さえ、なかなか見つからなかった。彼は出版社にこだわっていたのだ。

「この作品で仕事をしたことない出版社とつながりたいんだ。集英社、講談社、……一番の望みは文藝春秋なんだけど」

真剣な顔で言った。わたしはそれを聞いて、途方に暮れた。どうするつもりなんだろう？　彼はこれらの出版社の文芸部と接点がない。仮に文芸部とつながり、編集者が原稿を読み「おもしろい」と感想をもったとしても、書籍になるだろうか？　実績のない新人作家の原稿を本にするほど、この世界は甘くない。そんなこと、彼自身が一番わかっているはずだ。

「出版社にこだわりすぎじゃない？」

わたしは、彼に聞いた。

「なるべく早く、これらの出版社の小説雑誌で連載をもちたいからね」

あぁ、そう言うことか……。彼が口にした出版社は小説雑誌『小説すばる』『小説現代』『オール讀物』を出している。書籍出版で小説雑誌編集部に注目されたい。注目されなかったら、単行本を持って売り込みにいこう。そう考えていたようだ。

でき上がったばかりの『白鷹伝』を手にしたときの彼の言葉がよみがえった。本の巻末にあった一行「これは書き下ろし作品です」を変えたいと言っていた。つまり「これは『○○○○』

に連載された作品に加筆修正したものです」としたいのだ。

山本兼一のめざす作家像は、書くことで家庭の経済が安定する作家。

つまり、こうだ。
①小説雑誌などで連載する：定期的に原稿料が入る。
②雑誌での連載が終了。加筆修正などをしてハードカバーの単行本になる：印税が入る。
③数年後単行本は、文庫になる：印税が入る。
小説を書きその収入だけで家族がごはんを食べていくためには、この①〜③の流れをくり返すことだ。もちろんその作品のクオリティが高く、読者を魅了しないとこの流れはつくれない。

デビュー作『白鷹伝』は、①の雑誌連載はなく単行本になった。だから「書き下ろしです」と一行あるのだ。②は、やがて③になる。しかしこの『白鷹伝』が、文庫本になる保証はない。すべての②が③になるとは、限らないのだ。①から③へ順当に進みそれをくり返す。当時は、この流れが主流だった。

夫は「山本兼一」の作品が長く書店にとどまる作家になろうとしていた。新刊をコンスタントに出版し、それが文庫になれば、理想が叶う。そのために、雑誌連載が欲しかったのだ。

彼のプランはわかった。だけど、どうしたら手元にある『火天の城』の原稿を希望する出版社から書籍にすることができるのだろう？　わたしは彼に出版社のこだわりを捨てるよう説得すべきではないか？

「のんびり構えている余裕は、ないよ」。そう言えずに時間が過ぎていった。

＊＊＊

「『火天の城』は、第一一回松本清張賞へ応募しようと思うんだ」

最終の新幹線で東京から京都へ戻ったある夜、夫が言った。

驚いた。東京で原稿を読んでくれる編集者を紹介してもらっていたのでは？　それが文学賞へ応募なんて……。しかも「松本清張賞」!?

この賞は日本文学振興会が松本清張氏の業績を記念してつくった文学賞だ。そこへ戦国時代が舞台の作品を応募する？　彼の方向転換にわたしは戸惑った。

松本清張といえば社会派推理小説だ。わたしたちは彼のファンで何作も読んでいたし、『砂の器』『点と線』『黒革の手帖』……くり返し映像化された作品も観ていた。

「今まで公募は考えてなかったじゃない。それにあの賞は、推理小説対象ではなかった？」

わたしは頭のなかでいろんなことを考えながら、たずねた。

「じつは、ある人に応募をすすめられたんだ。阿佐ヶ谷でご飯食べながらずっと考えて、決めたの。それから推理小説が対象っていうのは、キミの思い込み。そもそも松本清張賞は「広義の推理または時代、歴史小説」が対象。それが今年はリニューアルして、「ジャンルを問わない広義のエンタテインメント小説」になったんだ」

彼は一気に説明し、ニコッとした。なるほど『火天の城』は、歴史小説だ。しかし、エンタテインメントの要素は、あるのだろうか？

この作品をひと言でまとめると、安土城が築城され燃え落ちるまでの物語だ。無理難題を言う施主織田信長、それに応えようと奮闘する棟梁が主人公だ。

物語のスケールは大きい。個性的な登場人物ばかり出てくる。読んでいて喜怒哀楽の感情が、まんべんなく湧いてくる。山本の言葉選びとリズムは独特だ。現代小説なら浮いてしまうが、歴史ものになると読者にページをめくらせる力になっている。何より安土城と織田信長の知名度はすばらしく高い。そうか、これは築城エンタテインメント小説だ。そんなジャンルがあればだけれど。

スッキリした顔を見ていると、反対はできないと思った。しかし受賞を逃したら『火天の城』は、どうなる？　消えてしまう。七年もかけたのに！　応募は賭けだ。恐ろしい賭けはせずに安全な場所へ行くべきではないか？　つまり出版社探しをつづける。わたしは、考え込んでいた。すると彼は、「第一一回松本清張賞　原稿募集要項」を出して言った。

「今回から副賞の賞金が大幅アップされるんだ。三〇〇万円が二〇〇万円アップ！　もちろん受賞作は書籍になる」

えっ、五〇〇万円……!?　しかし、応募資格は大丈夫だろうか？　まだ無名だけど山本兼一はプロの作家だ。わたしは応募要項を見た。

応募資格は自作の未発表の長編で、アマチュア、プロを問わない。小説のジャンルも問わない。この賞の目的は、広義のエンタテインメント長編作品の発掘で受賞作は文藝春秋から刊行、とある。夫の言葉を文字で確認して、なぜかホッとした。

『火天の城』をどこかの出版社が出版しても、刷り部数は少ないだろう。作家が手にする報酬は印税、著作権使用料だ。支払われる印税は発行部数で決まる。作品に自信があるといっても、無名の作家の本をたくさん印刷してくれるとは、考えづらい。

松本清張賞受賞は賞金プラス書籍になる。どれくらい印刷してくれるかわからないけれど、印税も入るんだ。それにリニューアル第一回目の松本清張賞は、出版業界も注目しているだろう。これからの仕事につながるはず。目標だった小説雑誌での連載も決まるかもしれない。何より副賞の賞金で一年間生活できる！　わたしのなかで迷いが消えた。

「応募しよう」

「そして受賞する」

夫がキッパリと答えた。二人の子たちは夢のなか。父と母は恐ろしいほど、ポジティブだった。応募締切りの一〇月三一日まで、彼は推敲を重ねていた。

＊＊＊

応募から数か月後に一次予選通過の知らせが届いた。応募総数は八九二編だった。これが、五〇〇万円の威力なのか、応募数が前年よりずいぶん多かった。一次予選で一気に三〇編に絞られていた。つづいて二次予選の一四編のなかに入った。その次を通過すれば「松本清張賞候補作」となるのだ。翌二〇〇四年春のまだ浅いころ、夫からわたしに電話があった。

「候補作に残りました」

信じていたが、ホッとした。

『オール讀物』の誌上で「松本清張賞」候補作と作者の発表があった。候補作品四編と、選考委員の名前、選考会の日時が記されていた。

【火天の城】　山本兼一（やまもとけんいち）

活字で見て安堵した。そして気づいた。彼が候補作になったことを「選ばれた」と言わず「残った」と言ったことを。これでやっとスタート地点に立った。「選ばれる」のは、これからだ。

四月二〇日松本清張賞選考会の日、山本は東京へ向かった。選考会は六本木のホテルでおこなわれるらしい。わたしは選考委員の先生方の顔を思い浮かべていた。浅田次郎さん、伊集院静さん、大沢在昌さん、宮部みゆきさん、夢枕獏さん。こんな豪華な作家たちが山本兼一の原稿を読んだのか……。わたしは、ふわふわした気持ちで時間をやり過ごしていた。

選考会が始まる時間が近づくにつれ、わたしは平静ではいられなかった。娘は六年生、息子は四年生。今日が大切な日だとは、理解していた。たぶん、わたしの表情は固まっていたのであろう。二人はわたしに話しかけることをしなかった。

一七時になり、ポケットにケータイを入れ台所に立った。夕飯をつくりながら意識はポケットから離れない。思い直して、調理台の上に置いた。そして一八時半を過ぎたころ着信音が鳴った。

「松本清張賞、受賞しました」

張りのある声で山本が言った。あぁ、よかった……。うれしいより、ホッとした。原稿が消えなくて済んだ。わたしは台所の床に、突っ伏した。力が完全に抜けたのだ。子たちがビックリしてのぞき込んできたので起き上がり、千葉に住む母、広島の義姉に電話で受賞を報告した。新聞記事にもなり、お祝いの電報や花が届いた。『オール讀物』に選考委員の選評が掲載された。「重ねた知識を、物語のために見事に捨てている」——この言葉を読んだとき、涙が出そうになった。山本兼一の小説との向き合い方が評価された。

＊＊＊

松本清張賞の贈呈式は大宅壮一ノンフィクション賞と合同で六月に帝国ホテルでおこなわれた。じつは、わたしは式に出ていない。招待状をいただいたのに、行かなかった。彼に「どうする？」と聞かれたとき、「行かない」と迷わず答えた。「どうして？」とたずねないので、自分で付け足した。

「直木賞贈呈式には、出席するから」

すると、彼は「うん」とだけ答えた。その顔は、楽しそうだった。

山本兼一の次の目標が決まった。

わたしには、フリーランスでカメラマンをしている中学からの友だちがいる。彼女が京都へ来たとき、わが家に泊まったことがあり、わたしの家族とも仲良しだ。その彼女に受賞を知らせた。驚き、とても喜んでくれた。そしてわたしは彼女に贈呈式へ行ってくれないかと頼んだ。それなら、取材として会場へ入ろうと彼女は言い、わたしに「どこで待ち合わせをしようか？」とたずねた。でも、わたしは行かない。その理由を話したら「信じられない」。でも、あなたらしい」と言って笑ってくれた。

そして贈呈式の数日後、彼女からプレゼントが届いた。当日の写真をアルバムにしてくれたのだ。わたしが見ていない式と、式が始まる前のプライベート写真だ。彼女らしいコントラストの効いたモノクロ作品、夫はリラックスした表情でレンズを見つめていた。

ちなみに彼女が撮影した贈呈式の写真は、某雑誌に掲載された。グラビアページに夫がいて「撮影」のクレジットは友人の名前。わたしはうれしくて、そのページをずっと見つめていた。

松本清張賞贈呈式前のプライベート写真
（撮影：後藤さくら）

松本清張賞の作品が書籍となったのは六月だった。『火天の城』カバーの装画は、『白鷹伝』のときと同じく日本画家の北村さゆりさん。きらびやかな安土城の絵の上に、安土城の天守指図（図面）を描いた半透明のカバーがかかっていた。豪華で美しい書籍になった。いよいよ全国の書店へ並ぶ。夫は編集部に、あるお願いをしたと言っていた。

「ボクの連絡先を知りたいと出版社から電話がありましたら、ぜひ教えてください、って頼んでおいた」

驚いた。出版社から原稿依頼がくると自信をもっていたのだ。そして、そうなった。年末には名前をあげていた小説雑誌の一つで連載がスタートした。その翌年、二〇〇五年には新たに小説雑誌で二本の連載がスタートした。彼は自分が理想としていた作家になりつつあった。

「なぜ、歴史・時代小説の作家になったのですか？」

受賞後の取材で、こうたずねられたときの答えが、忘れられない。

「広い世の中には、すごい人がいます。瞠目すべき日本人の生き方を、心躍る物語にからめ取りたくなったんです」

この「からめ取る」という表現は、山本兼一の作風そのものだ。大胆にからめ、さりげなくからめ、読む人たちが楽しく、清々しい気持ちになってくれるように物語を書いていた。からめ取りたい人物の取材は、すでに始めていた。彼はしたたかでしなやかだった。


「受賞記念に、キミの欲しいものを買おう」

本が出版されてしばらくしたある日、夫が言った。受賞記念でも思い出の品より実用品がいい。

「自転車が欲しいな」

わたしは答えた。わが家には幼児を乗せる補助椅子がついてる「ママチャリ」しかなかった。もう子たちは自分の自転車で好きなところへ走っていく。

お祝いなので、おめでたい赤色の国産自転車を選んだ。町を走るにはちょうどいい三段ギア。

わたしは愛着があるものには、名前をつけたくなる。食洗機には「おとよさん」とつけ、観葉植物のビカクシダは「猿渡さん」と呼んでいる。

この自転車は「キヨハル号」と名づけた。本当は「セイチョウ号」にしたかったが、それはさすがに松本清張氏に失礼だと変えたのだ。あとで知ったが、彼の本名はマツモトキヨハル。なんとわたしは自転車に本名をつけてしまったのだ。

そして二〇二四年、キヨハル号は二〇歳になった。今でも元気に京都市内を走っている。タイヤ、リム、スポーク、スタンド、いろいろ交換して、わたしは乗っている。

＊＊＊

松本清張賞受賞後の第一作は、二〇〇六年の『雷神の筒』だ。集英社から書き下ろし作品として出版された。これでデビュー前からの構想、「信長テクノクラート三部作」はすべて書き下ろしで完結した。

そしてこの年、小説雑誌連載は四本になっていた。山本は執筆、取材をくり返し、多忙な作家になった。朝起きて、仕事場へ行く。もしくは取材、または担当編集者さんと打ち合わせ。そして夜に自宅へ帰ってくる。

いらいらしていたわけではない。原稿が書けなくなっていたわけでもない。このくり返しで、なんとなくわかった。彼は旅を欲している。一緒に暮らしていて、そんな気配を感じていた。

「あのね、バチカンへ行こうと思うんだ。それから、イタリア、スペイン、ポルトガル……。ゴア、マラッカ、マカオへも行かなくちゃ」

二〇〇六年、まだ寒いころだった。仕事場から帰ってきた彼が言った。思ってたとおりだ。わたしは、勘がいい。

それにしても、忙しいのに海外？　話をよく聞くと二〇〇七年から始まる小説雑誌連載の二本を、海外取材して書くとそれぞれの担当編集者に伝えたらしい。一つは『ジパング島発見記』。大航海時代に日本へたどり着いた男たちの物語だ。そして、もう一つは『ザビエルの墓標』。石見銀山をねらうポルトガルとそれを阻止する日本の活劇物語だという（書籍化で『銀の島』とタイトル変更）。

「ずいぶんたくさんの国へ出かけるんだね」

わたしは、彼の計画に驚いた。

「うん、大変だよ。なんせ、フランシスコ・ザビエルの旅をたどるんだからね！」

うれしそうに言っていた。わたしは旅に出たいから、この作品を書こうとしたのだと確信した。

旅は山本兼一の原動力だ。バックパッカー時代に身につけた英語はスマートではなかったが、海外を旅するには充分だった。飛行機のチケットは、いつも近所の商店街にある小さな旅行会社で購入していた。トルコ人の経営者が、とても頼りになると言っていた。連載の締切りをどうにかやりくりして、登山用リュックを背負い彼は出かけた。

久しぶりに一人で歩くヨーロッパは楽しく充実していたのだろう。スペインから家族一人ひとりに絵はがきが届いた。わたしが受け取ったポストカードの写真はザビエル城。

……明日はポルトガル。リスボンのロカ岬から見る海が楽しみです。

ザビエル城があるスペインのナバーラは、ワイン生産で有名な町だ。きっと好きな赤ワインを飲みながら書いたのだろう。文字が躍ってた。

出発から二週間後、柑橘系の香りを纏って夫が帰ってきた。お土産は息子にはペーパーナイフ、わたしと娘にはカメオのブローチ。そしてスペインの食器が四つ。今でもときどき思い出す。子たちが驚いてたあの香りはなんだったのだろう？　本人は飛行機のなかの移り香と言っていたけれど。

そして一二月、年末進行のタイトな締切りを切り抜けてインドへ一〇日間出かけていた。海外取材は、二〇〇七、二〇〇八年もつづき、無事二本の連載を書き終えた。

第一一回松本清張賞を受賞した山本は、その八年後の二〇一二年、選考委員の一人に選ばれた。わたしは、その知らせが受賞と同じくらいうれしかった。

「選考委員は、受賞者の人生を決めてしまうかもしれない。しっかり作品を読み込んで、選考に望みたいんだ」

山本はそう言って、候補作を携えて旅に出た。

伊豆の宿に数日泊まり込み、一人静かに四編の作品と向き合っていた。しかし彼は第一九回と翌年の第二〇回だけしか務めることができなかった。

直木三十五賞、候補は三回

直木賞受賞者に贈られる懐中時計
（家族撮影）

わたしは山本兼一の作品を書籍で読むことはなかった。

一章は原稿で読み、つづきは掲載紙かゲラ（校正のための原稿）で読んでいた。書籍は姿を鑑賞するために手にしていた。刷り上がったばかりの美しいカバーを眺める。カバーを外し、表紙、見返し、扉の色を見て触る。そして本を開き目次を見る。新刊の鑑賞は、いつもこころがじんわりあたたかくなった。

「原稿で読み」と書いたがこれには理由がある。山本は新作の執筆が始まると、いつもプリントアウトした原稿をクリアファイルに入れ、わたしに渡していた。

「はい、読んで」

軽く渡されていたが、時には担当編集者より早く読むことがあった。これは、わたしに原稿を読み込む特別な能力があるから、ではない。「キミは歩く平均値だから」と言っていた。彼はわたしの普通すぎる感性を信頼していたのだ。書きだしの印象は丁寧に話した。そして全体の感想を短く言う。読みづらいところがあれば、それも伝えた。

「お母さんが好きとか、おいしいとか言ったら、結構な確率で流行りだすんだよ」

こう自慢げに子たちに言うところが、おもしろかった。

数年前から道場に通いはじめた居合道に加え、二〇〇五年からは茶道を始めた。表千家の先生について、大徳寺まで自転車でお稽古に通っていた。この経験が作品になるのは、どれくらい先かな？　わたしは娘と息子と話していた。

それは一年後にやってきた。家族の夕飯に間に合うように山本が仕事場から戻った。そして、クリアファイルに挟んだ原稿をカバンから出した。

「はい、読んで」

いつものことだった。でも、あのときの原稿は、特別だった。

タイトルは『利休にたずねよ』。大徳寺でつづけていた茶道のお稽古が、作品となったんだと思った。何回経験しても、新作の原稿を読むことは緊張する。一行目に神経を集中させた。

――かろかろとは、ゆかぬ。

利休の腹の底で、どうしようもない怒りがたぎっている。

かろやかで、すがしい清寂のこころに立ちたかったが、そんな境地からは、ほど遠い。

ＰＨＰ研究所の月刊誌『歴史街道』で二〇〇六年七月号から連載が始まる作品だった。第一章「死を賜る」とタイトルがついた冒頭は、書きだしから引き込まれた。これは、候補になるかも……、と思った。数行読んだだけで、何を考えている？　自分に呆れて原稿に集中した。

読み終わったわたしはソワソワしていた。早くつづきが読みたい。この感覚が連載中ずっとつづけば、きっと……。

「この書きだし、すごく惹かれる。最後まで心地いい緊張感があって、つづきが気になる。もう原稿は送ったの？」

「うん、仕事場出る前に送った。いつも書きだしは神経使うけど、今回は特別だったな」

満足げな顔でそう言うと、食卓についた。箸を持ったとき、電話が鳴った。『歴史街道』の担当編集者の後藤恵子さんからだった。

編集者は、作家に寄り添い一緒に作品をつくり出すパートナーでトレーナーだ。そして「気配

り と先読み」の達人だ。そんな人が時分どきにメールではなく、自宅へ電話をかけてきた。何か問題でもあったのか？　わたしは受話器を夫に渡した。ほんの一分くらいの会話だった。

「すばらしい第一回原稿、ありがとうございました、って」

彼はニッコリして言った。後藤さんは原稿を読み、すぐに作家に感想を伝えたくなったんだ。これは、うれしい。わたしの勘が当たるかもしれない……。食事をしながらそんなことを考えていた。

わたしは、この作品がどう進むか気になってしかたなかった。いつも山本が原稿を持って帰るのは、一章だけ。つづきは掲載紙で読んでいた。しかしこの作品はそれが待てなくて、わたしは原稿を毎回持ち帰えるよう言った。

『利休にたずねよ』はタイトルからわかるとおり、千利休を書いた物語だ。歴史に詳しい読者がいる雑誌での連載。千利休がどのような最後を遂げたかを知っている人も多いだろう。この事実をストーリーにどう落とし込めば、読者を引っ張っていけるかと考え、山本は構成に仕掛けをつくることにした。それが緊張感を生んで今までにない千利休の物語となっていた。

第一章を読んだとき、わたしの頭をよぎった「これは候補になるかも」とは、この作品で二回目の直木賞候補作に選ばれることだ。

＊＊＊

文学賞は大きく二つに分けられる。一つは未発表の作品を公募して選考するもの。作家発掘が目的の新人賞がこれだ。もう一つは、非公募のもの。すでに新聞、雑誌などに掲載、または書籍などで発表済みの作品から選考するもので、直木賞はこちらだ。ほかに芥川賞、吉川英治文学賞、本屋大賞などがある。

じつはあまり知られていないが、二〇〇四年の第一一回松本清張賞受賞作品『火天の城』は、同年下半期第一三二回直木賞の候補に選ばれていた。夫から電話でこの知らせを聞いたとき、わたしは驚きすぎて「おめでとう」と言えなかった。その日は「仕事が手につかない」と、彼はいつもより早く帰宅した。わたしは、彼を待ち構えて聞いた。

「候補になったという知らせは、どんな言葉で伝えられたの？」

「……直木賞候補って、「あなたが候補になりました」という電話じゃなかった。候補になることを受けますか？　って聞かれた」

彼はカバンからワインを出しながら答えた。そうか、ビックリしすぎて忘れてた。これはお祝いだ。

「それから、正式発表があるまで、候補になったことはオフレコだって」

ワインのコルク栓を開けて言った。家族四人で静かにお祝いだ。

ワインを飲みながら二人の話題は直木賞から離れない。なぜ、はじめの連絡が直木賞候補になることの受諾確認なのか。それは候補になることを断る作家もいるからだそうだ。なぜ、断るのだろう？　候補になるだけでもすばらしい。作家の知名度が上がり、本のセールスも上がるのに……。

そこで、想像してみた。一度目の候補で受賞を逃した作家が、再び候補になるのは大変なことだ。それにノミネート回数で受賞が決まるわけではない。ゴールが見えないつらさだろう。だからといって断るなんて、もったいない。

わたしたちは、まだ直木賞候補者のしんどさを理解していなかった。

グラスを重ねた彼がうつらうつらしてきたころ、わたしは山本兼一の受賞予想をした。直木賞とは「新人、中堅のエンターテインメント作家」に与えられる賞だ。しかし近年の傾向として、中堅作家に与えられる場合が多い。山本は新人、著作は二冊だ。なので『火天の城』で受賞の確率は低いだろう。冷静な判断のようだが、じつは違う。受賞を逃して落胆しないため、たどり着いた結論だ。

そして一二月半ばに第一三二回芥川賞候補作・直木賞候補作が発表された。新聞記事は小さかったが、友人から「おめでとう」と連絡が入った。

初めての候補での受賞は、むずかしいだろう。わたしはクールに分析していたのに、お祝いの言葉を受け取るごとに、ソワソワしてきた。もしかして、いけるかも？　いやいや、期待しないでフラットな気持ちでいよう。こころが揺れる毎日。

候補にならないと、経験できないことがいろいろあった。初めての合同取材を受けた。

「複数のメディアが集まるらしいよ」

そう言って山本は某新聞社へ出かけていった。どういった経緯でその場所が指定されたのか覚えていない。取材の目的は、候補者の事前取材だ。受賞者発表の翌日、全国の朝刊で受賞作と作家の情報が掲載されるのは、こんな仕組みがあったからなのだ。芥川賞・直木賞に対する世間の注目の大きさをあらためて感じた。

取材は作品だけでなく、作家個人についての質問が多かったらしい。二つの賞の候補者たちは、それぞれの場所でこのような取材を受けているのか……。あたりまえだが取材記事が掲載されるのは、受賞者だけ。候補者、記者ともにつらい仕事だと感じた。

数日後、日本文藝家協会から書面がきた。「……当夜その頃においでの場所と電話番号を承りたく存知ます」と、書いてあった。

芥川賞・直木賞の選考会は一月一三日東京の築地「新喜楽」でおこなわれる。候補者は、みな思い思いの場所で結果を待ちながら過ごす。受賞者は日本文学振興会の芥川賞係と直木賞係が本人へ連絡することになっているらしい。そこで各候補者の居場所を把握しておかなければならないのだ。

受賞者は東京會舘へ移動し記者会見をおこなうから、東京にいないとならない。夫は杉並区阿佐谷の寿司屋「寿し　千章」の住所と電話番号を伝えた。この店はわたしたちが阿佐ヶ谷に住んでいたときから通っていた。松本清張賞への応募を決意したのもここだった。夫が作家になる前からずっとお世話になり、力をもらっていた場所だ。

選考会当日、わたしは朝早く山本を東京へ送り出した。あとはいつもどおりの生活をするだけ。そう思ったけれど落ち着かない。期待しないようにしてても、期待してしまう。ふわふわした気持ちのまま、選考会の時間がきた。

初めての候補作『火天の城』は、受賞を逃した。翌日の紙面は角田光代さんの記事が載っていた。あのときの合同取材で山本兼一のことを書いた原稿は没になったんだな、と思った。

次号の『オール讀物』で選評が掲載された。わたしたちは、受賞を逃した原因を知りたかった。選考委員は、どこを見て判断をしたのか。受賞をねらう作家なら、それを知りたいと思うのは当然だ。山本の次の作品に期待する言葉もあった。しかしきびしい選評が並んでいた。そして選考委員一〇人のうち、二人が山本作品について一行も書いていなかった。

これが山本兼一直木賞候補初体験の出来事だ。

あれから四年経った。二〇〇六年夏から『歴史街道』で連載を開始した「利休にたずねよ」は二〇〇八年六月号で完結した。第一章の原稿の冒頭で感じたことが、現実になるかも？　手渡される連載原稿を読むたびに、そう思っていた。わたしは書籍出版が、待ち遠しかった。

ところが、文芸の神様は気まぐれだった。六月のある日、夫から電話があった。

「第一三九回直木賞候補に選ばれました」

不意打ちだった。

「えっ、どの作品？」

わたしは、戸惑っていた。「利休にたずねよ」は、まだ書籍になっていない。

「『千両花嫁』だよ」

答えを聞いて気がついた。第一三九回は二〇〇八年上半期の直木賞だ。対象書籍は、二〇〇七年一二月一日から二〇〇八年五月三一日までに出版された本だ。

『千両花嫁』は、二〇〇八年の五月に出版された。一話読み切りの短編集で、初めての市井ものだ。歴史に詳しくなくても楽しめると好評で「はんなり時代小説」とコピーがついていた。舞台は江戸時代の終わり。京都三条木屋町で道具屋の商いを始めた若い夫婦の物語だ。道具と京に住む人々と幕末の志士、新撰組が絡みドラマが生まれる。しっとりと、時には痛快に物語が進む。

夫は学生時代に古道具の競り市場でアルバイトをしていた。そこでの経験と知識がこのシリーズを書く基礎になっている。登場する道具の蘊蓄も楽しい。

この作品はわたしもプロットづくりを少し手伝っていた。女性としての視点とエピソードのヒントが欲しいと言われ、自分が体験したことを芯にアイディアを出していた。候補作に選ばれて、うれしい。うれしいけれど直木賞は「利休にたずねよ」がいい。わたしはそんなことを思っていた。もちろん、言葉に出せるわけもない。

「直木賞候補、おめでとう！」

今度はちゃんと言えた。候補二回目でわかった。この賞の候補に選ばれるのは、本人だけでなく家族もしんどい。候補作が発表になると、合同取材その他のメディアの取材申し込みがくる。近しい人からの期待の声かけに笑顔で答える。それでも、抱えている原稿の締切りは守って書く。クールに待つと決めていても、そうはいかない。スケジュールどおり仕事が進まない夫を見て、わたしは平常心でいようと力んでくたびれていた。

選考会は七月一五日だった。じつはこの回の候補で夫がどうしていたか、わたしには記憶がない。受賞の確率は候補者に等しくあるのだから、彼が記者会見することもある。しかし東京へ送り出した記憶がなく、京都にいたと思い込んでいた。直木賞を受賞するなら、次の作品だ。その思いが強すぎて、わたしのなかで第一三九回直木賞選考会の関心が薄かったのだ。

山本は長年同じ手帳を愛用していた。イギリス製のＬＥＴＴＳというブランドだ。記憶にないので手帳で二〇〇八年七月一五日を確認した。「第一三九回直木賞選考会・阿佐ヶ谷」と書いてあった。寿司屋「千章」へ行っていたのだと、初めて知った。

受賞作は井上荒野さんの『切羽へ』。山本兼一は、今回も受賞を逃した。

翌月の『オール讀物』に芥川賞、直木賞の選考委員たちの選評が掲載された。選評は、読み物としてはおもしろい。しかし、当事者の心境は複雑だ。というか、穏やかではない。反省、改善点の指摘だけではないのだから。前回、一行も山本の作品について触れなかった選考委員の選評が気になった。わたしたちは慎重に文字を追った。よかった、選評されていた。しかし内容は、かなりきびしかった。

こうして「候補に選ばれて受賞を逃す」をくり返していたら、作家はいろいろ消耗して仕事に集中できなくなってしまうだろう。直木賞候補になることをお断りする人が出てくるのもわかる。

夫やわたしの友人たちが「ホンマ、残念やったなぁ」と、一度目より心配そうな顔で声をかけてくれた。わたしは「はい、残念でした……」と答えていたが、言葉ほど落胆していなかった。こころのなかで「大丈夫、山本が直木賞候補になるのは次で終わり」とつぶやいてた。今考えると厚かましさに驚くが、あのころのわたしは、根拠のない自信があった。

選考会から二日後、山本は京都へ帰ってきた。翌日担当編集者と京都市内のホテルで打ち合わせをし、次の日は再び日帰りで東京へ。

そして九月、ついに『利休にたずねよ』のゲラが届いた。雑誌連載作品を書籍にする作業が始まった。

表紙カバーの見本も届いた。「一日花」といわれている白い木槿の花が一輪。装画は日本画家の北村さゆりさん。ここに書道家の北村宗介さんの「利休」という文字が重なる。美しい本になるだろうと思った。このお二人に物語を支えてもらうのは、何度目だろう。『利休にたずねよ』は一〇月下旬に書店に並んだ。

そして一二月、二〇〇八年下半期第一四〇回直木賞の候補作の一つに選ばれた。

＊＊＊

彼は、なぜ千利休を題材に小説を書こうとしたのか？

「利休好みの棗《なつめ》を見たとき、少しも枯れていないと感じた。艶があり色っぽかった。利休の愛を書こう、と思いました」

インタビューではこう答えていた。それはプロットのことだ。彼は、幼いころから利休の気配を感じて育った。書かずには、いられなかったのだ。

兼一の父、唯一は学生時代と新婚時代の二度、大徳寺の塔頭の一つ聚光院で下宿をしていた。現在では考えられないが、戦前戦後は下宿人を置いていた寺はいくつかあったそうだ。聚光院は、千利休の墓がある千家の菩提寺だ。

やがて夫婦は新居を見つけ聚光院を出た。二人が選んだ家は、大徳寺の近くだった。兼一は幼いころ父に連れられ、聚光院を何度か訪ねていたと言っていた。

「最初に、方丈で手を合わせるんだ。ぐるりと囲まれた襖に描かれた絵が迫力あった」

幼くても感じ取った迫力の絵は狩野松栄、永徳親子が描いた国宝障壁画だ。それから、茶室「閑隠席《かんいんのせき》」を見学。そこで父は幼い兼一に「利休はここで腹を切ったのだ」と教えたそうだ。

「腹を切って畳に突っ伏した人を想像して、こわかった」と夫は言っていた。

当時この茶室は、利休が自害した聚楽第の利休屋敷から移築されたと伝えられていた。父はその事実を息子に伝えただけだろうが、幼い子には残酷なことだ。その後の研究で、ここは利休居士一五〇回忌のときに寄進されたものとわかった。よって、利休はここで切腹をしていない。

夫が千利休の物語を書こうと筆を執ったのは、この体験からではないか。幼いころ聞いた父の言葉がこころの奥にずっと住んでいたのだろう。腹を切った恐ろしい話を、なぜ腹を切らなければならなかったか？　と、問いかける物語にしたかったのだと、わたしは考えている。

＊＊＊

直木賞候補も三回目となると、わたしたちはほかの候補作は気にならなかった。夫は連載原稿の締切りのなかで合同取材と何本か個人取材も受けていた。

この年、娘は高校一年生、息子は中学二年生になっていた。日々の生活が忙しく、おかげで候補になっていることをときどき忘れたりしていた。

そして選考会の一月一五日がやってきた。わたしは山本を東京へ送り出し、いつもどおり家事をしてパソコンを立ち上げた。何のためにそうしたのかは覚えていないが、ボーッと画面を眺めていて、気づいたら外は暗くなっていた。一七時ごろだろうか。わたしは何気なく二階の窓から外を眺めた。暗がりにタクシーがゆっくり近づいて、わが家のおよそ一〇〇メートル手前で停まった。誰も、降りてこない。タクシーはその場に停まったまま。不思議に思っていたら、玄関のインターフォンが鳴った。

「京都新聞文化部の〇〇と申します」

モニター画面に、若い男性が映っている。すぐに彼の来訪の意味がわかった。玄関の鍵を開けながら思った。直木賞の候補は初めてではない。なぜ、今回は地元紙の記者が訪ねてきたのだろう?

「三回目の候補ですし、受賞なさいましたら地元紙として、一番に奥様のコメントをいただきたくて参りました」

真っ直ぐな眼差しがまぶしい。家の外で待っていると言い張る彼を説得して、なかへ招き入れた。一月、京都の夜は恐ろしく冷える。

「一つ、約束してね。受賞を逃したらお互い気まずいから、わたしに挨拶はいらないから静かに帰ってください」

わたしの言葉に、記者クンが神妙な顔でうなずいた。

わが家の台所と居間は二階にある。一階の部屋にいる彼にお茶を出して、わたしは階段を上がった。窓から見えるタクシーは、車内灯がともっていた。たぶん、どこかほかの会社の新聞記者が乗っているのだろう。張り込みされている容疑者の気分だが、こちらのほうが慣れた感じがする。ベテラン記者だろう。選考結果は、東京からすぐ彼に届くはずだ。山本兼一が受賞を逃せば、タクシーで社へ帰ればいいのだから。

そして、数時間後に電話が鳴った。心拍数が一気に上がった。わたしは受話器を取った。にぎやかな声に囲まれていた。

「直木賞、決まりました!」

はっきり聞こえるよう、夫は大きな声で言った。

わたしは電話を切って一階で待っている京都新聞の記者クンの元へ行った。彼も知らせを受けていた。すぐにインターフォンが鳴る。玄関を開けた。朝日新聞社の記者と名乗る四十代くらいの人が立っていた。

娘と息子も加わりさっそくインタビューが始まった。話をしながら今日はわたしの四六才の誕生日だと気がついた。

二人の記者が帰ると、タイミングよく近所の友だちがビールを手にお祝いに駆けつけてくれた。

「これから、記者会見中継があるから、一緒に見よう」

テレビを見ながら乾杯した。そのとき、初めて天童荒太さんとのW受賞とわかった。画面のなかの彼は、少し赤い顔をしていた。

「三回目の候補でした。直木賞をとれて、うれしいです」

ほかの方が「いただいた」と言っていたなか、ただ一人「とった」と笑顔で言った。これは、素直な言葉だ。彼は「直木賞作家になる」ことを目標に、書いてきた。「いただいた」と言ったほうが印象はいいことはわかっているだろうが、「とった」と言いたかったんだろうな。画面を見ながら思った。

翌日、京都新聞に彼の写真と記事が掲載された。あの記者クンのわたしのインタビューもある。この記事を見て、「合同取材」での記事が、それぞれの新聞で掲載されているのだろうと思った。没原稿にならなくて、よかった。朝日新聞の記事を読もうとしたら、電話が鳴った。お祝いの電話はつづき、その間にインターフォンも鳴る。対応に追われていたら、昼食を食べそびれて二〇鉢以上の胡蝶蘭に囲まれていた。

＊＊＊

ほどなく「第百四十回芥川賞・直木賞　贈呈式」の案内状が届いた。わたしは二〇〇四年の約束どおり出席すると彼に言った。もちろん娘と息子も一緒だ。日にちは二月二〇日。急いで準備をしなければ……。

ドレスコードは、フォーマルだ。何を着ていこう？　わからないときは、経験者にたずねること。でも、そのような知り合いはいない。そこで、キャラクター設定をすることにした。

生まれも育ちも千葉県だが、贈呈式に出席するわたしは「歴史小説作家の妻で京都在住」だ。このイメージどおりの人になろう。贈呈式は「みなさんの想像する京都人」で臨むことにした。ならば、着物だ。嫁入り支度で用意した着物は若すぎる、新調しよう。松本清張賞の記念に購入した自転車よりだいぶ予算は高いが、衣装は大切だ。「式に出席する着物を買うね」と告げると夫は「うん、それならKさんに相談したら?」と、わたしの友人の名前を言った。

Kさんのご主人は西陣織帯の織元・販売をして会社を経営している。すぐに電話をかけて趣旨を話したら、わたしに似合いそうな反物と帯を用意してくれるとうれしい答えが返ってきた。指定された日、K織物の和室の応接間へうかがった。美しい品々に囲まれ、こころが躍った。

反物を決め、採寸。仕上がりを待つ間に小物を買いに四条河原町へ行った。老舗呉服店で上品な帯上げと帯締めを購入したら、購買意欲に火がついてしまった。バッグは憧れの、綴織《つづれおり》。履き物は百貨店の呉服売り場で求めた。

そして贈呈式当日になった。娘と息子は制服を着て出席する。午前中の授業に出席し、午後の授業を早退することにした。

わたしは長年お世話になっている北大路の美容室ボンニーへ向かった。着物一式は前日に持ち込んである。京都らしい美しい髪と着つけは、こちらの先生とスタッフに頼るに限る。

こうして地元のみなさんの力を借りて、設定どおりのキャラクターができ上がった。子たちが約束の時間に美容室へきて、わたしたちはタクシーで京都駅へ向かった。

東京駅丸の内口で、文藝春秋の山本担当編集者吉田尚子さんが待っていた。

「本日は、おめでとうございます。今日はアテンドしますね」

にっこり微笑んでくれた。ハイヤーに乗り込み、東京會舘へ。緊張しているわたしたちに「東京會舘のローストビーフは絶品です。ぜひ、召し上がってくださいね」と、吉田さんがリラックスできる情報を入れてくれた。がんばれば歩ける距離を車で走ったので、あっという間に到着した。受賞者の控え室前で支度を終えた山本が立っていた。あらためて三人で「おめでとうございます」と伝え、芳名帳に記帳した。

会場へ入り、山本は壇上へ上がった。わたしは指定された席へ。隣は芥川賞受賞者の津村記久子さんのお母様だった。贈呈式が厳かに始まった。わたしは、ふわふわした気持ちで夫の受賞の挨拶を聞いていた。

懇親パーティーが始まると、たくさんの方が山本のまわりに来てくれた。担当編集者さんたちと選考会が終わるまで過ごさせていただいた阿佐ヶ谷「千章」の大将夫妻、大学時代の友人、先輩、ライター時代にお世話になったみなさん……。彼は招待した人に囲まれて、本当にうれしそうだった。義姉は亡き両親の写真を持って会場に来てくれた。

ときどき、わたしは会場を見渡した。自分がこの場所にいることが、不思議だった。今まで経験したことのない数の「おめでとう」を受け取った。

気がついたら、会場に《蛍の光》が流れはじめていた。「みなさんが想像する京都人」の終わりが近づいていた。そして、お腹が鳴った。わたしは、ほとんど何も口にしていなかったのだ。編集者さんたちが急いで椅子と食べ物を運んでくれたが、ハイヤーのなかで聞いていた東京會舘の絶品ローストビーフは、品切れだった。

＊＊＊

この記憶は、一五年も昔のことだ。でも不思議と色褪せることはない。

毎朝仏壇の蝋燭に火を灯し、お線香をあげる。そばには夫が幼いころの家族アルバムを置いている。台紙が劣化して茶色く変色しており、丁寧に扱わないとページがパラッと外れてしまう。そこには会ったことのない義祖父母、若い義父母と幼い兼一、八才年上の姉がいる。撮影場所はすぐわかった。家の前、御所、東本願寺……。そのなかで目を引く写真がある。坊ちゃん刈りで半ズボン、お行儀のよい兼一クンが、椅子に座る老人の脚の間にチョコンとおさまっている。はにかんだ笑顔がかわいい。

この場所も見覚えがある。大徳寺の塔頭聚光院の広縁だ。椅子に座っている方は、きっと中村戒仙和尚だ。山本家の人たちから「髯の和尚」と何度も話を聞いていたからすぐわかった。夫から聞いていた「父に連れられて聚光院を訪ねていた」ときの写真だろう。白く長い髯をたくわえた戒仙和尚は、穏やかな表情でレンズを見つめている。

じつは戒仙和尚とわたしは、不思議な接点がある。それを知ったのは、夫が亡くなってからのこと。わたしが実家に帰ったとき、隣人が「菩提寺へ墓参りに行ったら、和尚から山本兼一さんが寄稿した臨済宗大徳寺派の冊子をもらったよ」と、報告してくれた。

わたしは、千葉県に臨済宗大徳寺派の寺があることを知らなかった。気になって調べたところ、五か寺あった。どれも千葉県北西部で、その一つが先ほどの隣人の菩提寺、増尾山少林寺だ。

少林寺について資料をあたってみて、驚いた。少林寺は大徳寺聚光院の和尚であった中村戒仙師が養子に入った寺だったのだ。それから戒仙師は大徳寺で修業し、どんな経緯があったかはわからないが、聚光院の和尚となった。

増尾山少林寺は、わたしが通っていた小学校の近くにある。

そして今、わたしは大徳寺の近くに住んでいる。

善福寺川で悩む

善福寺川
（家族撮影）

善福寺川は、東京都杉並区の北西から南東に流れる川だ。わたしたちの最初の住まいは、この川の近くのこぢんまりとしたマンションだった。

わたしは千葉県柏市で生まれて、結婚するまで実家住まいだった。最初の就職は東京都中央区のできたばかりの出版社だった。

じつは、わたしが初めて山本と会ったのはこの会社だ。わたしが就職した出版社は、業績のよかった鉄鋼会社が月刊の教育雑誌を創刊するためにつくった会社だった。出版社といっても企画営業部だけで編集は書籍や雑誌の編集制作会社、編集プロダクションへ委託していた。山本は編集プロダクション会社の社員だった。

刊行日も決まり、告知広告も出した。編集、営業の作業も大詰め、社員たちは気合い充分だった。しかし、社長の顔色が冴えない。わが社は親会社の予想を超える経費を使っていたらしい。社長が親会社に呼び出されたと噂する社員もいたが、社会人一年生のわたしは、刊行日が楽しみだった。そして初夏、創刊号の校了日を迎えることができた。

社長は社員の労をねぎらったあとに少し間をおいて言った。

「……創刊号を廃刊号とする」

そのときのわたしの心境は、「本気《マジ》?」。社会人らしくないが、それしか浮かばなかった。

「せめて一年、いえ半年はつづけましょう!」と言う社員の声は無視された。

わたしが就職した会社は、一年も経たず消えてしまった。落ち込んだが、この経験で編集の仕事に興味をもち、港区の編集プロダクションへ再就職した。

職場へは常磐線と地下鉄を使っていたので、北千住、日暮里などの東京北東部あたりはなじみがあった。仕事で都内をバタバタと動きまわるようになっていたが、西部に位置する杉並区は行ったことがなかった。

行ったことがない杉並区に住むことになった理由は、夫、山本兼一が住んでいた町だからだ。彼の勤めていた編集プロダクションは新宿にあった。結婚することになりそこを退社、阿佐ヶ谷のマンションを自宅兼仕事場にしてフリーランスのライターになっていた。

結婚前にフリーランスになるとは無謀だと言われそうだが、一九八〇年代は「雑誌の時代」といわれていた。雑誌の創刊も多く、わたしたちが結婚した一九八七年は仕事がたくさんあった。フリーランスライターの収入は、書いた原稿の量で決まる。友人たちに彼の仕事を告げると、みんなの顔は曇った。

「フリーターと結婚して、生活は大丈夫……？」

フリーライターをフリーターと勘違いされることが多かった。

「フリーターじゃなくて、フリーライター。フリーランスのライターだよ」

そのつどわたしは笑顔で訂正していたが、よく考えると収入が不安定なところは一緒だ。これは両親が心配するかな？　と思ったが「フリーのライター仕事はよく知らないが、まじめに働けばご飯は食べていける」と餞の言葉をくれた。

仕事で知り合ったわたしと山本兼一が結婚した理由は、一緒にいたら楽しそう、おもしろいことが起こりそうな感じがしたからだ。文字にすると呑気すぎて呆れるが、本気でそう考えていた。

あの当時の平均的な結婚式をあげ、披露宴もした。バブルが弾ける前だ。みんなあたりまえのように新婚旅行は海外だった。自分たちも、そうしようと考えていた。

「旅行は、ニュージーランドにしない？　本当はフィジーがよかったけれど、クーデターが起きてる」

彼が言った。

「ニュージーランドも悪くないけど、フランスやイギリスは？」

わたしは海外旅行の経験がなかった。だから初めての海外はヨーロッパへ行きたかった。

「パリとかロンドン？　ボクは行ったことあるんだ。キミはどこへ出かけても海外旅行は初めてでしょ。なら、ボクの行ったことない国でも、いいんじゃない？」

ニッコリして言った。理屈は合ってる……ように思えたので、行き先はニュージーランドとなった。

「旅の準備は、まかせて。荷物は極力少なくね。効率よく移動ができるから」

大学を卒業して一年間、海外放浪の旅に出ていた彼は、キッパリと言った。そして彼が準備したものは、エアー・ニュージーランドのエコノミーチケット二枚と国際免許証だった。

七時間かけてニュージーランド・オークランド空港に到着した。夫はわたしを気にかけることはなかった。「トラベル英語くらいできるよね」と言うとArrivalと矢印のあるほうへ一人歩いていった。初日と最終日のホテルは日本から予約したが、あとはノープランだった。レンタカーを借りて、地図を買い、ニュージーランド北島を気ままに走った。地名は覚えていないが温泉、牧場、海……。行き当たりばったりに車を走らせ、その日の宿はその日に決めた。

ニュージーランドの旅は、出会った人の数より眺めた羊の数のほうがずっと多かった。

旅の間、夫はマイペースで楽しそうだった。旅の後半からは、わたしを気にかけてくれたが、その理由は「キミがこんなに英語ができないとは、思ってなかった」だ。このフレーズは旅行中複数回使われた。

旅行から帰った翌日、時差ボケでボーッとしているわたしに夫は一枚のカードを差し出した。

「キミがこんなに英語ができないとは思わなかった。今日から一日五つの単語を覚えるようにしよう。ハイッ、一日目の単語！」

名刺くらいのカードには彼が選んだ英単語と日本語の意味が書いてあった。よく見たら小さな文字で品詞と発音記号もある。

ものすごく驚いたので、今でも最初の単語だけは覚えている。'Intellect（知性）'だ。当時の受験生のバイブル『試験にでる英単語』から選んだと言っていた。人は育った環境でつくられる……。高校教師の母親と大学で教鞭をとっていた父親に育てられると、こうなるのか？

わたしは、渡されたカードの単語を覚えなかった。英語が必要と感じたら、自分のやり方で学ぶ。夫とはいえ他人から指示されて何かをするなんて、納得いかない。わたしの父は、勤めていた大手といわれる企業を退職して、小さな会社を興した自営業者だ。

単語カードが一〇枚溜まるころ、夫はわたしにカードを渡すことをあきらめた。

＊＊＊

少し不安なスタートだったが、阿佐ヶ谷の町のおかげで日々の生活は快適だった。マンション近くの青梅街道を渡ると、使いやすい商店街があった。一五〇メートルほどの短い商店街だが「阿佐谷パールセンター」という大きな商店街とつながっていた。この二本の商店街で生活に必要なものがすべて手に入った。生活に慣れてきたころ、楽しそうに町を歩く夫に聞いたことがあった。

「阿佐ヶ谷、好きだよね。この町を選んだ理由って何？」

「近くに水の見える川があるから」

「川……？」

意味がわからなかった。

「あのね、東京に来てすぐ有名な川を見に行ったの。そしたら水が見えなくて驚いたよ」

真剣な顔で言っていた。彼がどの川を見に行ったのかはわからないが、有名な川といえば隅田川、荒川、江戸川あたりか？　都心の川は水害を防ぐためコンクリートの堤防で囲われている。昭和時代の記憶だが、北千住の荒川堤防は一〇メートルの高さのところもあった。毎日常磐線で通勤していたわたしは、江戸川、中川、荒川に架かる鉄橋を渡っていた。車窓から見る河川敷はどれも広く、川岸は護岸工事されている。とても「川を見に行こう」という発想は生まれなかった。

京都から東京へ来て、初めて見に行った場所が川……？　彼の行動が不思議でならなかった。水が見える川を探したら、阿佐ヶ谷にたどり着いたということか。

わたしたちの住むマンションから善福寺川までは徒歩で約一〇分だ。川の周囲は公園になっていてフェンス越しだがサラサラ流れる水を見ることができるし、小さな橋の上に立つと川を泳ぐ魚を眺めることもできた。

わたしは数か月でこの町が好きになった。居心地がよいのだ。長くこの町に住んでいる夫は、たくさんの知り合いがいた。それは商店街の店主、ライター、カメラマン、漫画家、グラフィックデザイナーといろんな職業の人たちだ。自営業者、フリーランスの人が多かったが出版社勤務、編集プロダクション勤務の人もいた。この町を好きになったのは同業者がまわりにいたからなのかもしれない。わたしは人見知りをしない性格なので、一年経たないうちに彼の友人、知人と親しくなっていった。

＊＊＊

居心地のいい町で、一度だけ緊張した思い出がある。あれは土曜日の夕方だった。原稿を書き上げ、二人で食事をしようと商店街を歩いていた。山本が一人の小柄な男性を見つけ、声をかけた。

「長井さん！」

夫はうれしそうにわたしを紹介した。わたしは「初めまして」と挨拶をしたが、それから何を話したか記憶がない。

長井さんとは、一九六四年に創刊した青年マンガ雑誌『ガロ』の初代編集長で出版社青林堂の創業者、長井勝一さんだ。『ガロ』といえば白土三平の『カムイ伝』の連載が有名だが、水木しげる、つげ義春、内田春菊、杉浦日向子など名前をあげていたらきりがないほど多くの才能ある漫画家が連載していた伝説のマンガ雑誌だ。

長井さんが杉並に住んでいることは夫から聞いていた。お会いしたらわたしが中学生のころ好きだった漫画家「ますむらひろし」さんについて、話を聞きたい、そう思っていた。突然の出会いに驚いて準備していた質問が飛んでしまい、何を話したか覚えていない。

薄い口髭と黒眼がちの瞳が印象的で、微笑む顔はとてもチャーミングだった。

「俳優の宇野重吉さんに似てるね」

長井さんと別れてから、夫に言った。

「そうなんだ。たまに宇野さんと勘違いした人から「サインをください」って言われるんだって。で、ガッカリさせたらいけないって「宇野重吉」ってサインするらしいよ」

夫は本当か冗談かわからないことを言っていた。長井さんのことを話す彼は、いつもうれしそうだった。

夫はこんなことを言っていた。阿佐ヶ谷の居酒屋で長井さんと偶然一緒になったときのエピソードだ。

「「〇〇さんは、今どうしているのですか？　才能を感じていた漫画家でした」と聞いたら「あいつは、怠け者だから」って答えたの。怖い一言だと思ったよ」

わたしはこの話を聞いたとき、すぐに夫の父親を思った。義父は国文学の研究者で専攻は中世、近世の連歌と俳諧だ。いつも、何かに急かされているように机に向かっている人だった。

「少しはのんびりしたらどうですか？」

気楽に声をかけたときの返事に驚いた。

「ライバル学者が同じテーマで研究をしているかもしれない。わたしの論文提出が、ライバルに遅れたら負けなんだ。「わたしのほうが早くから研究していました」なんて言い訳が通用する世界ではないの」

義父は机から顔を上げずに言った。そして顔を上げ、つづけた。

「……雨が激しいからといって戦闘は変更にならない。一度決めた作戦は、どんなことがあっても遂行されたんだ。研究も同じだ」

臨時召集で陸軍に入隊し大陸へ渡った、従軍経験者らしいたとえ話だ。

義父は他人には興味が薄い人だったが、同業者にはきびしかった。研究論文が少ない学者には「怠けている人だ」と言っていた。長井さんと同じように、義父も怠けることを嫌っていた。

そういえば長井さんも専門学校卒業後、満州に渡っていたと聞いた。誕生年は、いつだろう？調べたら一九二一年、義父と同じ年だ。二人の印象が重なったのは、同じ時代を生きていたからなのかもしれないと思った。

「水が見える川があったから」、夫はそう言って阿佐ヶ谷に住んでいた。けれど、わたしはそれだけではないと思っている。関東大震災後、東京の住宅地として発展した杉並区は、多くの作家が住んでいた。井伏鱒二を中心にした「阿佐ヶ谷会」という作家の集まりがあったこと、太宰治が戦前に井伏鱒二を頼って杉並区に住んでいたことは知っていたはずだ。六月一九日には毎年さくらんぼを買っていた彼が、このことを意識しないはずはない。文章を書いて生活したい。その思いがあるから阿佐ヶ谷を選んだのだろう。

＊＊＊

フリーライターの仕事は順調で、たくさんの依頼がきていた。ビジネス雑誌の取材記事を書くデータマンからそれをもとに原稿をまとめるアンカーマンへ昇格していた。これで原稿料も上がった。そのほかの雑誌で署名原稿も書くようになった。

わたしも勤めていた編集プロダクションをやめ、フリーライターになっていた。このころは特に営業をしなくても阿佐ヶ谷の同業者ネットワークで仕事が入ってきた。

わたしは、夫がこの生活で満足していると思っていた。それが違うと気づいたのは、彼のワープロ画面をなんとなく眺めたときだった。「青山郁」と大きく画面にある。

「ねぇ、このアオヤマイクって誰？」

何気なく聞いた。

「……ボクのペンネーム。小説書いてるんだ。小説○○の新人賞へ応募するつもり。読む？」

プリントアウトされた作品を手渡して言った。薄くなっている記憶だが、小説のストーリーはこんな感じだ。

東京で暮らす主人公の男性の語りで物語は進んでいた。魅力ある女性の出現。主人公との関係が始まる。もどかしくてこころがヒリヒリするはずだ。でも、その「もどかしい関係」をわかりやすい文で書かれると、どうしようもなく恥ずかしい。背中がムズムズした。

これは、愛について語っている。純文学、なんだろうか？　わたしは、戸惑っていた。夫は文章がうまい。中学生のころから文学好きで、たくさんの本を読んできた。語彙力があるロマンチストだ。そんな彼が書く小説は、全体が甘い雰囲気に包まれていた。

ライターとして優秀な夫の文章は、小説になると見事にベタな文章になる。これは、よくない。プロットは若いのに、文章が達者な作品。あの新人作家の登竜門の賞へ応募すると言っているけれど、たぶん一次審査も通らないだろう。こころのなかで思った。

そして、「一次審査通過者」のなかに夫のペンネームはなかった。わたしの予想は当たった。月刊誌のレギュラーライターは落選を嘆く時間はなかった。締切りに追われていてよかった。

結婚前から薄々わかっていた。言葉にはしなかったが、山本兼一はライターをしながら作家デビューをめざしている。

冷静な人だ。日々の糧となるライター仕事をやめて小説に集中することはしないだろう。忙しいから、そのうち小説はあきらめるだろうな、と考えていた。が、夫はタフだった。仕事の合間に新しいプロットを考え、登場人物の名前を決めて、わたしに意見を求めてきた。

テーマはずっと「愛」。しかも、都会の愛にこだわっていた。なぜだろう？　理由を知りたかったが、野暮だと思い聞かなかった。

わたしはだんだん心配になった。夫はこうして小説を書き、投稿しつづけるのか……。いい結果がでなかったら、わたしたちの生活はどうなるのだろう？

結婚生活をのんびりと過ごしていたわたしに、スイッチが入った。どうにか、しなければ！

わたしは純文学で山本兼一が作家デビューできるとは、思えなかった。はっきりとはわからなかったが、向いている方向が違うと感じていた。

＊＊＊

仕事で出会ったころ、夫は「中学生のころは、詩人か革命家になりたかったんだ」と笑っていた。本棚には文学の作品と詩集。好きな音楽は一九七〇年代のフォークソング。彼が最初に聴かせてくれたレコードは「寝図美《ねずみ》」と名づけた猫に男が太平洋を見せる……ような歌詞だった。

フリーランスライターがフォークソングを聴きながら、作家になることをめざして小説を書き投稿をつづけていく。がんばる夫の望みが叶うといい、とは思っていた。でも、作品を読む限り作家デビューできるとは思えなかった。

先の見えない挑戦をつづけ、年を重ねていったら彼はどうなるだろう？　疲弊した顔は、見たくない。それによくいうことだが「愛はお金で買えないけれど、お金があれば愛は潤う」――当時二四才のわたしは、本気でそう思っていた。「小説新人賞への投稿はあきらめて、本業に集中したほうがいいよ」と、言おうとした。わたしは、思ったことはハッキリ言う性格だ。でも、さすがにストレートすぎる。どんな言葉を選んだらいいのだろう？

悩んでいたわたしは、一人で散歩に出る日が多くなった。ある日、区民掲示版の「講演会のお知らせ」が目にとまった。内容は「ティーンズ小説の書き方」。講師は、Yさんだった。ティーンズ小説といえば集英社文庫の「コバルトシリーズ」だ。Yさんは、コバルトシリーズで人気の作家だった。中学生のころ女子の間でたちまち人気になったことを思い出した。健全な恋愛ものが多く、わたしも一、二冊は読んだことがある。このシリーズにはまらなかったのは、恋愛に憧れないわたしの性格と、ブリティッシュ・ロックとアガサ・クリスティのファンになったからだ。

それから数日後、わたしの悩みを解決するチャンスがやってきた。

「F書房がティーンズ文庫を立ち上げるらしく、書き手を探しているんだって。どう思う?」

夫が中堅出版社の編集の企画を聞いてきた。わたしはピンッときた。この言い方は、挑戦しようと思っている……。

「書いてみたら?」

即答した。これは、小説の神様からのプレゼントだ。ティーンズ文庫で作家デビューをめざそう。当てのない(であろう)作品投稿をくり返すより、よほど現実的だ。

「わたしがキャラクター設定して、プロット立てるから、原稿を書いて。表現とか、心情とか、女子目線でおかしなところは、直すから。二人の合作でデビューするのどう?」

夫は、驚いた顔をしたがすぐに「それ、いいね」と言った。

ティーンズ小説のプロットなんて、書いたことはない。でも、どうにかなると思った。区民掲示版のお知らせを思い出したのだ。

「『ティーンズ小説の書き方』がテーマの講演会が区民会館であるの。わたし、申し込んで勉強してくる!」

張り切って伝えた。

＊＊＊

Ｆ書房に連絡を入れ、プロットを見てもらうことになった。合作ペンネームを考えて、わたしはキャラクターづくりに入った。プロットをつくるわたしと、執筆する夫。登場人物、舞台設定のイメージ共有資料が必要だ。ブレのない資料作成をするため、わたしは原宿と渋谷に出かけた。

人気ファッションのショップをまわり、ファストフードでお喋りするティーン女子のなかに身を置く。当てのある原稿のための作業は楽しかった。プロットの軸は、ティーンズ小説の王道、片想いする女子高生。二人で何度も話し合い、夫が編集者に提出した。ほどなくしてプロットにオッケーが出てライター山本兼一が執筆に取りかかった。彼の頭のなかの一部は、恋するＪＫとなった。

わたしは文章のチェックを入れようと張り切っていたが、一章ごとに渡された原稿はちゃんと女子目線で書かれていた。本当に器用なライターだ。つまり、わたしの仕事は少なかった。達者な原稿を読みながら、ティーンズ小説が忙しくなったら小説投稿をあきらめてくれるかな？と、考えていた。

作品は何度か編集部から手直しの指示はあったが、一九九〇年にティーンズ小説の新レーベル「いちご文庫」の一冊として出版された。わたしたちは発売日に近くの書店へ行った。

「ついに、並んだね。売れるといいな」

書棚のピンクの背表紙を見つめてわたしは言った。

「売れるよ。売れそうなカバーだ。ハッ！」

彼は本を手に取り、まぁまぁのボリュームで言った。近くにいた人がこちらを見た。

「何、今の……？」

わたしは驚いてたずねた。

「『売れる念』を送ったの。だって書いているボクらが自信あると言っても、売り上げ悪かったら次は書けないんだよ」

静かに彼が言った。わたしは彼が小説と向き合う姿をちゃんと見ていなかった。ただ、作家に憧れている人だと思っていた。初めての本を出版して、それに気づいた。

すぐに担当編集者から二作目の依頼がきた。この依頼はレーベルの作家として及第点をもらったということだ。どこまでいけるかわからなかったが、二人でがんばっていこう。わたしは新作プロットを書きはじめた。

それが完成するころ、担当編集者から電話が入った。このレーベルを閉じるという。突然のことで驚いた。一度の配本で終わり？　勝負は二作目から！　と二人でがんばっているのに、あっけない幕引きだ。

何ごとも始まりがあるから、終わりがある。それが遅いか早いか、ものすごく早いかの違いだ。かかわった雑誌の廃刊も経験している。大丈夫、落ち込んでなんかいない……。いないはずだけれど、考えたストーリーを綺麗に閉じることができない口惜しさが、胸のなかに残った。

＊＊＊

この時期、わたしたちの家族にはいくつかの悲しいことがあった。春から入院していた山本の母が初夏に亡くなった。わたしは京都で初めて真宗大谷派の葬儀を経験した。住職は読経が終わると黒塗りの文箱から一冊の書物を出し、ゆっくりと読みはじめた。みなが頭を垂れた。わたしも遅れて同じようにした。そう長くない文章の一つの言葉がスッとわたしの胸へ入った。

「朝　ニハ　紅顔　アリテ　夕　ニハ　白骨ト　ナレル　身　ナリ」

意味は、なんとなくわかった。

「朝には元気な顔をしていても、夕方には亡くなり白骨になる身なのです」。あたりまえのことだと思った。なのに、こころに残った。

義父の生家は真宗大谷派の寺で、自身も僧籍をもっている。わたしは葬儀で聞いたこの言葉を知りたくてたずねた。

「あれは蓮如上人の『御文』のなかの「白骨の御文」とよばれているものだよ」

東京に戻ってからもときどき『御文』の一節が頭に浮かんだ。もう少し、知ろうと思い神田の大きな書店で『「蓮如」御文読本』を見つけて読みはじめた。御文は蓮如上人が門弟・門徒たちに下された手紙で、浄土真宗の教えをわかりやすく書いたもの、つまり仏法書とあった。わたしは「白骨の御文」を探した。

……ステニ　无常ノ　風　キタリ　ヌレハ　スナワチ　フタツノ　マナコ　タチマチニトチヒトツノ　イキ　ナカク　タエ　ヌレハ　紅顔　ムナシク　變シテ　桃李ノ　ヨソホヒヲ　ウシナヒヌル……（現に無常の風が吹いてきて、二つの目がたちまち閉じ、最後の一つの息が永久に切れてしまえば、せっかく血色のよい顔も色を失って、桃や李の花のような美しさをなくしてしまうのでしょう……）。（大谷暢順『「蓮如」御文読本』河出書房新社刊、一九九一年）

淡々とした言葉がこころに染みる。命はいつ尽きるかわからない。元気でいられる時間は短い。本を閉じて思った。わたしはなぜ、夫の進みたい道をあきらめてほしいと願ったのだろう。作家デビューできるかわからない作品を書くのなら、ライターとして安定している今の仕事に集中してほしかった。

あと半年で、わたしたちは親になる。親子の生活を想像していたのだ。この部屋で育児と仕事はできない。仕事場を借りるだろう。わたしたちは生活するため、二つの家賃を払うため、ライター仕事を増やす。夫は小説と向き合う時間は減るだろうが、家族の生活のためにはしかたない。そう彼も思うだろう。

思っても、楽しいだろうか？

「一緒にいたら楽しそう」――この言葉から二人の生活が始まったはずだ。「一つの息」は、いつ切れるかわからない。ならば楽しいことをしよう。夫にとって、それは小説を書くことだ。それをあきらめさせようとした自分が、嫌になった。家賃のために働くことをやめたら、小説と向き合う時間が増える。京都へ帰って義父と同居しよう。山本兼一が作家デビューできるとは限らないし、デビューできたとしてもそれで生活できる保証はないけれど、それがなんだというんだ。まだ起きてもいないことをあれこれ考えるのは、やめよう。

自分のこころが決まったら、夫も同じことを考えていることに気づいた。

しかし、彼はなかなか言いださない。わたしが京都へ行くことに抵抗すると思っている？　たしかに、心配がないわけではない。生まれも育ちも千葉県だ。言葉、生活習慣、食生活……京都になじめる自信はない。でも、好奇心が先に立った。あのときのわたしは「『帰らなくていい観光客』になれる！」と思っていた。あちこち出かけ、見て、食べて楽しもうとウキウキしていた。呆れるほど呑気だった。

わたしたちは阿佐ヶ谷でできることは、たぶん全部した。次の場所へ移って新しいことを始めよう。彼が言いださないので、わたしから言った。

「ねぇ、京都へ帰らない？」

二人でザックリと京都の生活を考えた。

住まいは京都市左京区、実家で義父と同居だ。小説と向き合いながら、ライター仕事で生活費を稼ぐ。夫は以前お世話になった編集プロダクションに机を一つ置かせてもらい、レギュラーの月刊誌の仕事をつづけることになった。宿泊は東京のマンション。契約が切れたらビジネスホテルを使う。わたしも、育児が一段落したらライターの仕事を再開する。

帰郷を連絡したら几帳面な義父が食費を払うと申し出たが、それは水道光熱費を負担してもらうことで相殺とすることになった。

二人で一週間かけ、阿佐ヶ谷で出会ったやさしくて楽しい人たちにお別れの挨拶をして歩いた。そして一九九二年六月、わたしたちは大好きな町をあとにした。

新幹線が京都駅に着き、ホームに降りた。モワッと蒸し暑い空気に包まれ、わたしは一瞬ひるんだ。

「出口、こっちやで」

前を歩きだした夫は、京言葉に戻っていた。

決意は賀茂川で

北大路橋から望む賀茂川と北山
（編集者撮影）

北大路橋から賀茂川を北へ見た景色が好きだ。

関東平野育ちのせいだろう。わたしは山に囲まれた京都は、なんとなく頭がつかえているように感じていた。でも、ここから眺める賀茂川と山々の風景は広く、清々しかった。

そうか、こんなに美しい川のそばで育ったから、東京で川を見にいったのか。わたしは東京暮らしを思い出して「きれいだね。……だから、なんだ」と言った。

「川はこーゆーもんや」

夫は素っ気なく答えた。それが自慢しているようで、おもしろかった。

京都市の北部に住む人たちにとって、川は「鴨川」ではなく「賀茂川」だ。この「賀茂川」は左京区の賀茂大橋の手前で、東から流れてくる「高野川」と合流して、一本の「鴨川」になる。二本の川の合流地点にある三角州は、「鴨川デルタ」とよばれていて、わたしが京都に来たころは地元の人や学生たちの憩いの場所だった。今は観光スポットとして紹介され、休日はたくさんの人でにぎわっている。

先ほど高野川と合流前の川を「賀茂川」と書き、合流後を「鴨川」と漢字表記を変えて書いたが、京都府ホームページ「鴨川流域図」で確認すると、川の起点からずっと「鴨川」表記だ。ただ、古い文献にも合流前の川に「賀茂川」「加茂川」とあることから、このような使い分けは「慣例」ということで、今も使用がつづいている。

京都へ帰り、夫はライター仕事をしながら小説に取り組んだ。秋に娘が生まれ、二年後に息子が生まれた。娘が小学生になったころ、山本兼一は歴史小説作家としてゆっくりと歩みはじめていた。夫は自分が生まれ育った場所を「日本で一番住みやすい町」と言っていた。住んだ町は、京都と東京だけ。それなのに、キッパリと言い切ることが、不思議だった。

近くに大きな商店街があり、西陣とよばれる地域に隣接している。家業が織物関係という級友や、住職、大工、シェフ、古美術商など、専門職に就いてる友人も多い。作家も、そんな専門職の一つだ。そう考えていた彼は、この環境が心地よかったんだろう。

友だちからは「東京へ行ってたヤーケンが、地元に帰ってきたと思ったら作家になってた」と、受け止められた。しかし作家の仕事は謎が多い。わたしは、いろいろ質問された。一番多いのは「アイツ、どんな感じで仕事しよる？　やっぱ原稿書いてるときって、気むずかしい？」という質問だ。

「仕事場で書いてるからよくわからないけど、静かに書いてると思う。なんで、そう思うの？」

わたしは不思議に思い聞いた。

「よくあるやろ。原稿用紙に向かって書いてる途中「違うっ！」とかゆーて、原稿用紙をクシャクシャと丸める……。作家ってこんなん、ちゃうの？」

そう言ってニカッと笑ってた。

「それは、昭和のドラマのなかの作家でしょ。彼はキーボード叩いて書いているの。そもそも丸める原稿用紙、ないし」

わたしも笑いながら答えた。

質問ではないけれど、こんなことも言われた。それは、直木賞受賞後だ。

「おめでとう。これまで苦労しはったし、よかったなぁ」

ここで使われている「苦労」は、山本家の経済状態をさしている。つまり「今までは経済的に大変だっただろうけど、受賞でその心配はいらなくなって、よかったね」という意味だ。京都人は、言いたいことがあっても、ダイレクトには言わない。

千葉県出身だが、当時のわたしは京都在住一七年。京都人の言葉に込められた真意を、少しは理解できるようになっていた。

「ありがとう。これから、せいぜいぜーたくさせてもらうわー」

笑顔で答えた。関東弁が抜けないが京言葉も自然と混ざる。わたしの言葉は個性的だ。当時二人の子は高校一年生と中学二年生だった。本気で贅沢などしていたら、えらいことになる。そして思った。京都へ来たばかりだったら、こうは言えなかったと。たぶん「ありがとうございます。でも、苦労はしていません」なんて野暮なことを言っていただろう。言葉の奥に込められた意味を察し、それを理解して答える。たとえ、その裏にちょっとしたイケズが込められていたとしてもマルっと受け止めて。

それにしても、わが家は「苦労しはった」って、思われていたんだ。言った覚えは、ないのだけれど。ずっとフリーランスの生活だ。毎年の収入金額にバラつきがあるのはあたりまえ。それを苦労と思っていたら、こんな仕事を選んでいない。毎日それなりに、家族で楽しく暮らしてた。メジャーな賞を受賞するまで、どうやって収入を得ているかわからない不思議な一家と思われていたのか……。少し、複雑な気持ちになった。

京都に住みはじめてまだ日の浅いころ、わたしは京都人の会話の意味がわからなかった。忘れられないエピソードがある。

ある日、わたしと夫は一緒に玄関を出た。ただ、出かける時間が同じだっただけ。行き先は違う。二人で並んで歩いていたら、町内の人にバッタリ会った。

「おそろいでお出かけですか、よろしいなぁ」

こんなことを言って、通り過ぎようとした。

「いえいえ、別々です。この人は駅へ、わたしは郵便局です」

わたしは、こう返した。しばらく歩いたら、夫が呆れた顔で言った。

「なんで行き先言ったの？　あの人困った顔してたやろ」

「なんでって？　「おそろいでお出かけですか？」って質問されたから、答えたの」

夫の言う意味がわからなかった。会話として、間違っていない。それに、あの人は困った顔はしてなかった。むしろニッコリしてた。

「あれ……質問ちゃうし。いちいちどこ行くかなんて言わんでいいの。こーゆーときは、「ちょっとそこまで」や。ご近所の社交の会話。まぁ、京都の文化と思って慣れて」

説明されて、少しだけ納得した。そういえば、こう声をかけられることが多い。一人のときは「お出かけですか」となるけれど……。これは、笑顔をセットとした社交の会話なのか!?　つまり、「お出かけするあなたのことを、近所の者としてちゃんと認識してますよ」ってことなんだ。ということは、「ヨソから来たあなたを、ウエルカムしてまっせ」ってことなの？　もう少しわかりやすい言葉で話しかけてほしい。やさしさなのか、上から目線なのか、わからない。わからないけれど、ストンとこころに落ちた。

これが、京都人の他人とのつながり方なんだ。さすが長いこと日本のマツリゴトをしていた都だ。人との距離のとり方が絶妙だ。天下人が何度変わっても、慌てず流されず自身を守り生きていくための術が脈々と受け継がれ、今の会話につながっている……。勝手な解釈かもしれないが、なぜかいやな気分にならなかった。むしろ、おもしろいと思った。

わたしはこの日から夫のいう「京都の文化」を意識するようになった。

＊＊＊

二〇〇四年冬、彼は念願の『オール讀物』で連載を始めた。初めて書いた作品が小説雑誌に掲載されてから六年経っていた。のちに『千両花嫁』として出版された、一話完結の短編連作で、幕末の京都の道具屋が舞台の市井ものだ。

この原稿を書きながら、これから始まる複数の連載作品のための取材を、念入りに計画していた。彼が充実して仕事をしているのがよくわかった。小説を書くことが好きで前だけ見て、振り向かない。そんな夫を見ていたら、あることが頭をよぎった。山本兼一の作家生活は充実しているが、山本家の生活は大丈夫か？

取材に専念する日々が多くなると、その年の収入は少ない。わたしはそれを「裏の年」とよんでいた。取材が終わったら原稿を書く。作品が掲載され原稿料が入る年は「表の年」だ。

家族四人が生活するには、まとまったお金が必要だ。毎月固定給がある仕事ではないので、夫は年に数回、わたしの銀行口座に生活費を振り込んでいた。これにわたしの細々としたフリーライターの原稿料を加えて暮らしていた。結婚したときからこのシステムなので不満や不安を感じたことは一度もない。口座残金より支出を抑えれば、なんの問題もない。松本清張賞の副賞賞金のおかげで二〇〇四年後半から翌年前半は「裏の年」になっても生活費の心配はなかった。

内助の功を気取るつもりはなかったが、専業作家としてこれからが勝負だ。生活費のことを気にせず、思いっきり取材へ出かけてほしかった。わたしの収入を増やすことができたら、それが叶う。そのための手段を考えた。これしかない……。その年の秋の終わりごろだった。わたしは夫に声をかけた。

「ちょっと、賀茂川を散歩しない？」

二人で北大路通りから川岸に降りて南に歩いた。出雲路橋と葵橋の間あたりだったと思う。わたしは思い切って言った。

「小説を書こうと思ってるんだ。小説の書き方を教えてくれない？」

「えっ……、本気で言ってるの？」

冷めた声が返ってきた。あしらわれたような声の調子に腹が立った。

「……本気だよ。わたしが原稿料の入る作家になったら、兼一さんは自由に取材へ行けるでしょ」

感じの悪い言い方をしていた。

「そんなこと考えてたんだ。小説を書くって簡単じゃない。デビューはなおさらって、わかっているよね」

「わかってるよ。前に一緒に本つくったし、書いてないけど……。とにかく、教えてください」

わたしは言った。

「わかった。じゃ、聞くけど書きたいジャンルは決まってるの？」

「児童書」

わたしは、小学生のときに読んだ一冊の本を思って言った。それはエレイン・ローブル・カニグズバーグの『クローディアの秘密』。書きだしにこころをグッとつかまれた。大人になってからも、何度か読み返している大好きな作品だ。

むかし式の家出なんか、あたしにはぜったいできっこないわ。（E・L・カニグズバーグ／松永ふみ子（訳）『クローディアの秘密』岩波書店、一九七五年）

子どもなら誰もが一度は考えるであろう――「こんな家、出て行ってやる！」。グチャグチャになっているこころを、冷静に語る冒頭だ。これからどんな家出物語が始まるのだろう？　夢中で読んだことを覚えている。自分のこころに正直で、行動力がある。そして何より自分の言葉に責任がもてる主人公クローディア。彼女は、あのころのわたしの憧れだった。

＊＊＊

わたしは、中学一年生のときに初めて「空気を読む」ことを学んだ。きっかけは多くの女子が夢中になるものに、自分が惹かれていないことに気がついたからだ。流行のファッション、当時の人気のアイドル、みんなが語っていた憧れの職業……。孤立がいやで、自分の気持ちをごまかしていた。自分の「好き」はまわりの顔ぶれを見て隠したり出したりして過ごしていた。

中学校を卒業したわたしは、地元から離れた私立の女子校へ進学した。通学に一時間ちょっとかかったその学校は、小学校から短期大学まであった。高校の入学式では中学校から内部進学した子たちがにぎやかで、威圧されているようだった。教室に入って驚いた。一クラス五〇人学級だ。中学時代の女子は二〇人ほどだったから……二・五倍も空気を読まなければいけないのか……。わたしは緊張でクラクラしたことを覚えている。当時のわたしはどんな計算をしていたのだろう？

入学してわかったことは、この学校の服装基準、生活面の規則が恐ろしくきびしいことだ。大変な学校に入ってしまった……。これからの生活が不安だった。毎週細かな服装検査を受けていた。これをクリアすると、みんな同じような雰囲気になっていく。個性がみえなかった。

それから数か月経ち、学校に慣れてくると一人ひとりがみえてきた。運動部の強豪校なので、インターハイ出場をめざし部活動に専念している子がいるのは知っていた。が、ほかにもいろんな子がいる。あらゆる女子キャラがそろっていた。大学進学のため予備校へ通っている子、音大をめざしレッスンに励む子、竹下通りで踊る「ロックンローラー族」「タケノコ族」のメンバー、テレビ番組でアイドルのうしろで踊るタレント志望の子、声優志望のアニメファン、演劇部でオリジナル作品に挑戦している子、男子校の生徒に人気のちょっとヤンチャな女子グループ……。ここの女子たちは、それぞれの「好き」にまっしぐらだった。

今、当時を考えると、この学校が特別だったわけではない。一クラス五〇人で一三クラス、一学年六〇〇人以上！　人数が多いから、いろんな子に出会えただけだ。

これだけ多いと、自分のマイナーな「好き」を口にしても「それ、知ってる！」という子もいるだろう。わたしは、当時の定番、雑誌の切り抜きが挟めるクリア下敷きに好きなロックバンドの切り抜きを挟んでいた。それを目立つよう机の上に置いた。ドキドキしたけれど、ワクワクしてた。

「えっ、これってピンク・フロイド？　こんな誰も知らないようなの聴くんだ！」

にぎやかで苦手と思っていた、付属中学から進学してきた子が、下敷きを見て楽しそうに話しかけてきた。

「プログレが好きなんだ。カッコイイバンドも好きだよ……」

「ピンク・フロイドって一度聴いてみたかったんだ。今度ＬＰ貸してくれる？」

楽しい会話が始まってた。納得いかないおかしな校則に縛られ、窮屈だった高校生活だったけれど、楽しく学校へ通えたのは「好き」を気兼ねなく話せる友だちがいたからだ。

中学と高校に違いはない。なのに中学生のときのわたしは、自分で勝手に身構えて、隠していた。自分の「好き」を大切にしていなかった。

あのときのわたしのように、他人の反応を考えすぎて好きなことを好きでいられない、そんな思いをしている子は、たくさんいるんだろう。その窮屈な気持ちを物語で楽にできたら、そんな小説が書けたらいいいな。そう考えていた。

中学と高校生のころの経験と気づきがあったから、自分のなかの「好き」を大事にして進む子の物語を書きたいと思った。自分の「好き」を大切にしている子は、自分を大切にできるから。

わたしは頭のなかでグルグル浮かぶ思いを、彼にどう説明しようかと、ベンチに座ったまま考えていた。

「……わかったよ。小説の書き方を教えてあげる。そうだ！　キミを山本兼一の弟子にしてあげよう」

夫がおどけた調子で言った。弟子になるとは考えなかったが、夫婦より師匠と弟子になったほうが冷静な関係でいられそうだ。

「では、弟子入りさせていただきます」

わたしは、頭を下げた。

＊＊＊

兼一師匠の指導は、実践型だった。

「ボクの出す課題に挑み、ちゃんとクリアすること。そうしたら最後には物語が一本でき上がる。では、始めよう」

彼は胸を張って言った。わたしは、丹田にグッと力を込めて「よろしくお願いします」と言った。

課題１：「小説の核・テーマを決める」

わたしのテーマは決まっていた「魔法使い」だ。理由は、二つ。一つは、わたしに恋バナは向いていない。「好き」をテーマにしてイメージするのは、恋愛モノだ。阿佐ヶ谷時代、ティーンズ小説のプロットのテーマは片想いでつくった。意気込んだが読者の支持は得られなかったのだ。もう一つの理由は自分が子どものころ魔法使いのアニメや物語が好きだったから。初めての児童書は、自分の子どものころの感情を思い出せるテーマにしようと思った。それに、いつの時代も子どもたちは魔法が好きだ。

意気込んで兼一師匠に伝えたが、彼は考え込んでこう言った。

「児童書の世界は「魔法使い」が飽和状態だろう。名作、人気作がたくさんある。小説初心者が選ぶには、むずかしいテーマじゃないの？」

「わたしは山本兼一の弟子だよね。織田信長にこだわっていた師匠のように、先行作品が多いテーマで勝負する。個性的な設定が見つかれば、新しい魔法使いの物語がつくれる、はずでしょ」

わたしは答えた。

課題２：「魔法使いをテーマにした個性的な設定と主役のキャラクターをつくる」

自分から言いだしたことが、次の課題になった。アイディアは、天から降ってくるわけではない。わたしもライター出身だ。取材に出て考えることにした。書店、美術館、落ち着いた住宅地、ファッションビル、カフェ、商店街、スーパーマーケット……。思いつくいろんな場所へ行って魔法使いの設定をつくった。が、どれもピタッとはまらない。

毎日同じことを考えすぎて、気持ちが悪くなった。気分転換が必要と、わたしは新幹線に乗って千葉県の友人に会いにいった。

気分転換は成功。さぁ、仕切り直してがんばろう！　わたしは、京都に戻ろうと東京駅構内を歩いていた。そのとき、ガラスのショーウインドウのなかに飾られたアンティークのドールハウスが目にとまった。企業のコマーシャルディスプレイだった。木製の二階建ての洋館。ビロードのソファ、レースのカーテン、寝室もある。贅沢なつくり、なんて美しいのだろう……。見とれていたら、背筋がゾクッとした。

「あっ、これだ……！」

ドールハウスに住む魔法使いと本気で魔法使いになろうとしている女子小学生の物語だ。設定と登場人物が突然決まった。

この課題で学んだことは、「考えすぎて気持ち悪くなってからが、勝負！」ということ。納得いくアイディアが出るまで、しつこく考えていくことだ。

課題3：「タイトルを決める」

ドールハウスの設定は兼一師匠も褒めてくれた。

わたしの場合、仮タイトルをつけていたが、設定が決まったのでもう一度考えることにした。作品タイトルは物語の芯だ。読者が「読みたい」と思うタイトルを考えなければならない。張り切ってキャッチーなタイトルを考えていたら「児童書なのでわかりやすく、短いタイトルで」と師匠から指導が入り『魔女館へようこそ』になった。

課題4：「登場人物をつくる」

主人公の女子小学生と魔法使いのキャラクターは決まっていた。これから名前を決め、人となりを細かく考える。そのために、テレビドラマ、ティーンズ雑誌を参考にビジュアルイメージの作成だ。これはティーンズ小説のときに実行し、うまくいった方法だ。

課題5：「プロットをつくる」

プロットとは、物語のあらすじだ。どんな物語にするのかを決めるので「物語の設計図」といったりもする。

最初に考えることは、一冊のボリュームだ。憧れていた岩波少年文庫の『クローディアの秘密』と他社の児童文庫のページ数を参考にすることにした。

そして小説のプロットを書くときの夫の言葉「「起承転結」より「起転承結」」を意識した。

プロットづくりは順調に進んだ。が、中盤で迷ってしまった。わたしが想定していた読者の年齢は小学四年生から中学二年生だ。

「キッチリ組んだ展開は、読者が飽きてしまわないかな？　「承」を短く、なんなら飛ばして起・転・結でいこうと思う」

師匠に問いかけた。

「たしかにそうだね。なら「序・破・急」で」

「序破急」は世阿弥の能楽論ではなかったかな？　まさか、世阿弥が出てくるとは思わなかった。

物語のドラマをどうつくろう？　ドラマはトラブルがつきもので、読者は主人公に降りかかるトラブルにドキドキ、ハラハラする。トラブルは多すぎても少なすぎてもいけない。最後まで読んで〝おもしろかった〟と思えるよう、その分量に苦労した。


プロットが完成して、いよいよ執筆開始だ。

原稿を書く前のレクチャーは少なかった。が、一つの章を書き終えるごとに原稿を読みたいと言われた。プロットはできている。登場人物の設定も丁寧につくった。あとは、書くだけだ。門前の小僧だったし、フリーライターだ。文章は書き慣れていた。大丈夫、書ける。わたしは

ない。

キーボードに向かった。

数日後『魔女館へようこそ』第一章を師匠に提出した。それを読んだ彼の言葉は、忘れられない。

「ゴミやな……」

一章の数ページを読むと、こうつぶやいた。初めてにしては、うまくできている自信があったから、傷ついた。

「一章は「序・破・急」の「序」のアタマだよね」

きびしい声で師匠は言った。

「キミは小説を書いている気分になっているだけ。冒頭の情景描写は無意味、いらない。二ページまでに、主人公の情報を書くべき。名前、年齢、性格やビジュアルだ。そして、これからどんな物語が始まるのか、予想できるようなイントロにする」

その後、書き直した一章と二章を提出した。

「あのさ、自分で立てたプロットなのに、なぜプロットどおりに書かないの?」

小説の書き方に決まりはない。プロットをつくらず、頭のなかで物語を組み立てるだけで執筆に入る作家もいる。が、兼一師匠はプロットをしっかり立ててから執筆に入っていた。わたしのプロットを立てたのに暴走することが、信じられなかったのだ。

プロットを無視しようとして、そうなったわけではない。物語を書いていると、書く楽しさに乗ってしまい止まらなくなる。そこをいつも兼一師匠に指摘された。これは、章が進み「破」に入っても直らなかった。

「文字数は、限られている。無駄にページを使うなら「文章を、ほどく」こと」

児童書であることを忘れているわけではないが、小学生にとってむずかしい言葉、言いまわしを使ってしまう。このときも、教えられた。「わかりづらいかな？　と思う言葉を書くときは、その近くで説明の文章を入れること。「意味がわからない」と思ったら、本を閉じられてしまうよ」。

師匠の教えは一貫していた。読者に寄り添って書くことだった。

そして、いよいよ「急」だ。

「広げた風呂敷は綺麗に閉じる」と言っていた。つまり、つくったドラマ（トラブル）の解決と伏線の回収だ。読後感がスッキリするように。もちろん、必ず綺麗に閉じなければならないことはない。あえてラストを曖昧にして読者のイマジネーションをかき立てる終わらせ方をする物語もある。わたしはこのスタイルは児童書には向いていないと思い、キッチリ閉じることにした。

そして、これは全体をとおしていえることだが、「読者に伝えたい大切なことは、書き方を換えて三回は書くこと」。本を読む人が、どんな状態で読んでいるか考えると、そうするべきだ。本を読んでいる最中に話しかけられたり、スマホに気を取られているかもしれない。書き手が「ここ、大切です」と力を入れて書いていても、読み手は気づかない場合がある。なので、場所を変え、表現を変え、複数回入れないと伝わらない。

兼一師匠のたくさんのダメだしと根気強い指導のおかげで本当に一つの物語ができ上がった。

これからが、本番だ。この物語でわたしは児童書作家としてデビューする。もちろん、そんな予定はなかったが、しなければならなかった。

＊＊＊

チャンスは、阿佐ヶ谷にあった。夫は出版社との打ち合わせのあと、よく阿佐ヶ谷へ寄っていた。昔からの行きつけの居酒屋で「青い鳥文庫」という講談社のレーベルと小さなつながりを得ることができた。

この児童文庫は学校の朝読書の時間で登場することが多い。「文庫」とついてるけれど、形態としては一般の文庫より新書版に近いサイズだ。かわいいイラストのカバーがかかっているので、一見するとコミックに見間違えてしまう。が、読み物だ。日本の名作、海外の小説、伝記、ノンフィクション、オリジナル書き下ろし小説……いろんなジャンルがある。

このレーベルなら『魔女館へようこそ』でデビューできるかもしれない。そう考えてわたしたちは「青い鳥文庫」の編集長へメールを送った。物語のプロットと登場人物のキャラをつけて。振り返ると大胆な行動だったと思う。

編集長からの返事は、長い間なかった。あきらめかけたころ連絡が入った。とりあえず原稿を読んでみたいといわれ、興奮したことを覚えている。すぐに原稿ファイルを送った。

思いのほか早く返事がきた。おもしろく読んだこと、物語の終わらせ方を書き直すよう指摘された。兼一師匠に相談しながら、慎重に書き直した。

そして改稿を送った数日後、わたしは文京区の編集部へ向かった。

久しぶりに有楽町線護国寺駅に降りた。じつは編集プロダクションに勤めていたころ、実用書の制作で講談社へ通っていたことがあった。あれから二〇年、こうして訪れる日がくるとは……。緊張よりなつかしさのほうが先に立った。立派な西洋建築様式の本館はあのころのままだったが、当時通っていた建物は消えて高層ビルの新館が建っていた。受付で案内された編集部はずいぶん高いフロアにあった。

編集長は声のよく通る男性で、わたしより少し年下に見えた。そしてKさんを紹介した。わたしを担当する編集者だそうだ。原稿はおおむねオッケーだったが、彼女はわたしの原稿の不足しているところ、書きすぎているところ、手直しが必要な箇所に付箋をつけて話しはじめた。指摘はすべて納得がいった。ここをクリアすれば、書店に並ぶ……。そう思ってわたしは必死にメモをとった。

「そうだ、山本さん。ペンネームは考えているの？」

Kさんの話が終わったタイミングで、編集長がわたしに声をかけた。

「考えていません」

わたしの答えに、編集長は納得していない様子だった。

「そうだ！　本名の「やまもとひでこ」の「こ」を頭につけて「こやまもとひで」、男の名前にするって、どう？」

楽しそうに言った。なぜ、男の名前？　突然の提案に戸惑った。この提案を受けないとデビューできないのなら……。一瞬弱気になったが、思いとどまった。名前は大切だ。

「あの、男の名前にする意味はなんでしょうか？」

わたしは、たずねた。

「回文みたいで、おもしろいでしょ」

信じられない答えが返ってきた。これは、「この名前でお願いします」と言うべきなのか？　それとも「おもしろいことおっしゃいますね」と、笑うところなのか？　どうしていいかわからず、決まったばかりの担当編集者を見た。彼女は微笑んでいるだけで何も言わなかった。新人作家にもなっていないわたしは、自力で切り抜けるしかないんだと悟った。クッと顔を上げ、編集長の視線をとらえた。

「本名でデビューすることがむずかしいということなら、ペンネームにします。ですが「こやまもとひで」は、好みではありません。京都に帰ってから名前を考えてメールします」

こう言ってわたしは編集部をあとにした。新幹線のなかで、一人作戦会議をした。初対面なのに「おもしろいでしょ」の感覚でペンネームをつけるなんて、失礼じゃないかな。新幹線が京都駅に着くまでに、編集長が納得するペンネームをつけよう。でも、できなかった。

八条口改札を出たとき、わたしはすっかりくたびれていた。地下鉄に乗る気力がなくタクシー乗り場へ向かった。堀川通りを走るタクシーからボーッと外を眺めていたら、五芒星の神額と鳥居が見えた。

「晴明さんが、あるじゃない！」

すばらしい思いつきに声が出た。晴明さんとは陰陽師安倍晴明をお祀りする「晴明神社」だ。地元では名づけの神様として知られている。晴明さんでペンネームをいただこう。

さっそく翌朝、晴明神社へ行った。数時間並び、いただいたお名前は複数あった。わたしはそのなかから一つ選び、真っ白い紙に書いた。縦書き、横書き、どちらも書きやすい。何よりわたしのこころになじみがいい。

「ペンネームは「つくもようこ」にしようと思ってます。いかがでしょう?」

担当編集者にメールした。すぐに返信があった。

「いいですね。編集長も、よい名前だと言ってます!」。晴明さんにお願いしてよかった。わたしはペンネームが決まった報告とお礼を伝えるために、自転車で晴明神社へ走った。

原稿ができた。ペンネームも決まった。カバーイラスト作家は誰になるのだろうか? 読者はカバーイラストから物語の情報を手に入れる。絵は想像をふくらませ、読者に物語を印象づけてくれる。作者であるわたしにイラストレーターの相談は、あるのだろうか? そのとき、ちゃんと答えられるように物語のイメージに合うイラストレーターを探していた。が、担当編集者からイラストを担当する作家が決まったと連絡が入った。

つくもようこのデビュー作品は、新人ではありえない超人気漫画家がイラストを担当することになった。

「初版部数は、新人にしては多いです。それはイラストが人気作家だからです」

きっぱり宣言する担当編集者に「ありがとうございます」と答えた。もう少し言葉を足すべきだったが、できなかった。じつは当時のわたしは世界中にファンをもつ四名の創作集団CLAMPのことを、よく知らなかった。

『魔女館へようこそ』が書店に並ぶと、すぐに反響があった。

「超人気漫画家にイラストを描いてもらうなんて、ラッキーなデビューだったたね」「サインもらえる？　あなたじゃなくて、イラストの方」などなど……。たくさんの人から届くストレートな感想は、たいていこんな内容だった。物語の感想もあったが、イラストのそれと比べるとずいぶん数に違いがあった。わたしは、新人児童書作家と超有名漫画家の組み合わせを実現させた、担当編集者の有能さに慄いた。

強がりと言われたが、イラストの魅力に引っ張られこの本を手に取ったとしても、物語を読んだならおもしろいと思わせる自信はあった。

数か月後、担当編集者から重版がかかったと連絡が入った。「重版がかかる」とは、最初に印刷したものは売れたので再度印刷をすることだ。そして『魔女館へようこそ』二巻の原稿依頼もきた。

新作のプロットを立て、師匠にチェックしてもらい担当編集者に提出した。

「つくもさん、二巻の売り上げが一巻の評価です。イラストに惹かれて買った人たちが、どれだけ残っているでしょうね」

二巻のプロットが通り執筆に入る前、担当編集者が言った。つまり、気合いを入れて書くように、ということだ。自分でもわかっていたが、言葉で聞くと胃がキリッとなった。

翌年三月に二巻が出版された。こちらも重版が決まり、二〇〇六年に出版された『魔女館へようこそ』はシリーズ作品となった。必死で原稿と向き合っている間に夫に劇的な変化があった。

松本清張賞の作品『火天の城』が東映映画の原作に選ばれ、撮影が始まっていた。さらに、この映画の全国ロードショー前には、ＰＨＰ研究所から出版した『利休にたずねよ』で直木賞を受賞した。

わが家は「裏の年」の心配はなくなっていた。

「魔女館シリーズ」は、悩むたびに兼一師匠に相談して、進めた。シリーズは五年間かけて六冊で完結した。これで大切なことがわかった。完結まで長すぎた。小学生の子たちにとって五年間はとても長い時間だ。小学四年生で「魔法が好きだから」と手にしてくれた子は、シリーズ最終話では中学三年生になっている。マンガ、ファッション、アイドル、受験勉強、新しく夢中になるものに囲まれている年頃だ。最後まで物語に興味をもってくれているだろうか？　シリーズ作は新作を出すタイミングがとても重要だ。

そしてもう一つ、わかったことがあった。読者にとって作家の名前はたいして重要ではない。わたしの本を読んでくれた子たちは、「魔女館シリーズ」を好きでいてくれた。だから記憶に残るのは作者の名前「つくもようこ」ではなく、シリーズの名前と主人公の名前なのだ。ありがたいことに、ときどき大人になった読者に会うことがある。「魔女館シリーズ、好きでした」「あかりちゃん、かわいかったです」とタイトルや主人公の名前を出してくれる。が、「つくもようこの本が好きでした」と言われたことは一度もない。あくまでも、わたしの場合だけれど……。

「魔女館シリーズ」が完結し、しばらくして担当編集者から「次の物語の構想を考えませんか?」と連絡がきた。

わたしの制作のこだわりは、時代にリンクしたテーマを選ばないことだ。時代が変わっても古くならない、普遍的な物語を書くと決めていた。

デビュー作は、肩に力が入りすぎて主人公のキャラクターを強めにしていた。次は、もう少し穏やかな女の子を主人公にして書こう。自分の好きなことにまっすぐ突き進む主人公が、友人、家族といろんな経験をして成長していく物語にしよう。

選んだテーマは今回も自分が好きなもの「スイーツ」だ。わたしは中学、高校時代にお菓子づくりにはまっていた。その当時使っていたレシピ本は、ボロボロになっているが、ずっと手元に置いている。

新しい物語の企画書はシンプルに書いた。

「ケーキが大好きな主人公が、友だちとパティシエ修業に励む物語です」と簡単なプロット、主人公とサブキャラクターを担当編集者へメールで送った。

今回も恋バナはなし、サスペンス要素もなし。企画書を短くしたのは編集部がハッとするインパクトある企画ではないので、詳しい内容は担当編集者に会って説明したかったからだ。作家がどんなに情熱をもっていても、編集部が「数字がとれそう」と判断しなければ、原稿依頼はこない。わたしの企画は、どう判断されるだろうか？　指定された日、早朝の新幹線に乗車し、車内でプレゼンのシミュレーションをして過ごしていた。

編集部に行くと、いつもどおり担当編集者がにこやかに迎えてくれた。事前に提出していた企画書の感想は、どうなんだろう？　すすめられた椅子に座り、わたしは企画について話しはじめた。彼女はわたしの早口な企画説明を、穏やかに相槌を打ちながら聞いていた。手応えを感じていいのかな？

彼女といると、つい自分だけを担当してくれる編集者と錯覚してしまう。もちろん、そんなことはない。編集者は常に多くの作家を抱えている。わたしは、そのなかの一人でしかない。

編集部を出てエレベータを待っているとき、わたしは学生時代のころ聞いたアドバイスを思い出した。

「就活で面接官がにこやかな相槌を打つときは、いい結果を期待しないこと」

編集者の仕事は売れる本をつくることだ。彼女がわたしの企画を「売れそうだ」と判断しなければ、わたしに原稿を書くチャンスはない。

京都へ帰ってから数日後、担当編集者から連絡があった。

「編集会議の結果、つくもさんの「パティシエになりたい」の企画が通りました。テーマとしては地味ですが「ケーキ屋さん」は小学生女子のなりたい職業で上位ランクの常連です。一定の需要はあるでしょう」

期待されている感じは薄かったが、原稿を書く許可がおりた。『パティシエ☆すばる　パティシエになりたい！』は二〇一二年度の出版スケジュールに加えられ、シリーズとして物語を進めることになった。仕事から帰った夫に報告すると「一人でよくがんばりました。これでボクの弟子は卒業だ。これからも精進するように」とまじめな顔で言った。

＊＊＊

数日後、わたしは取材という名のスイーツ食べ歩きを開始した。気になる店をピックアップして京都、東京、神戸などをまわった。主人公が修業するケーキ店のケーキのイメージを固めるため、お店の内装を見て、ケーキを食べた。

物語を書くのに取材は必要なわけではない。が、取材を重ね、そこでの経験と得た知識は、物語に説得力をもたせると思っている。スイーツを紹介する記事を書くのであれば、充分な数のケーキを食べた。有名店はどれもおいしく美しかったが、こころが躍ったり、つかまれるスイーツには出会っていなかった。

近所に存在は知っていたが入ったことのないケーキ店があることを思い出した。店に入るとウィーン菓子の専門店だった。シュヴァルツベルダー・キルシュトルテとカルディナール・シュニッテンを購入して家で味わった。想像以上に軽い口当たり。でも、主張している。「おいしいでしょ！」と胸を張っているケーキだった。こころが躍った。このケーキをつくるパティシエに話を聞きたい。翌日自己紹介と取材のお願いに行くと、オーナーパティシエの三好由美子さんが快く引き受けてくれた。

そして、またこころが躍るお菓子と出会った。それは偶然だった。いつもと違うスーパーへ買い物に行ったときだ。三軒先にタルト専門の店を見つけた。こちらも、女性のオーナーパティシエが一人で経営していた。店内はかわいらしいフランス雑貨で飾られている。ショーケースには美しい焼き色のタルトが並んでいた。よく見るとリンゴのタルトが三種類。食べ比べたくなり購入した。リンゴの違いをしっかり感じることができた。パティシエのこだわりを感じた。焼き菓子をテーマにするときは、こちらのパティシエに取材をお願いしたいと思った。

そしてケーキのご縁はつづき、三軒目の店はオープンしてそう長くないショップだった。通りから様子をうかがったら、チョコレートケーキの名前に「ポワロ」とあった。アガサ・クリスティのファンのわたしは、チョコレート好きなベルギー人名探偵ポワロから名づけたとわかった。ケーキのネーミング・センスにこころをつかまれ店のなかへ入った。

パティシエのご主人と奥さんの二人で経営していた。パティシエはホテルのパティスリーでパーティー、ショップ、イベント、結婚式……さまざまなシーンでお菓子をつくっていたそうだ。経験豊富なオーナーのチョコレートケーキは、二種あった。ポワロは濃厚だがフワッとした口当たり。もう一つはご自身の名前をつけたスポンジ、クリーム、ムースなど五層からなるケーキだ。ケーキは組み立てが大切だと気づかせてくれた出会いだった。

『パティシエ☆すばる　パティシエになりたい！』はメインのケーキを選び、それにまつわるストーリーをつくると決めていた。パティシエへの取材は、それができてからお願いした。

最初は、ケーキのデコレーションについてウィーン菓子の三好さんのところへ行った。フィクションとはいえ、わたしのアイディアに無理がないかを知りたかった。そしてご自身のケーキの思い出をうかがった。パティシエから聞いたエピソードは、物語を生き生きさせるヒントになった。

この物語の芯は、小学生が本気でパティシエをめざして修行すること。主人公たちのケーキづくりの描写をリアルにすることで、読者たちに自分がケーキをつくっている感覚をもってほしい。

「技術の描写もしっかり書きたいんです」

三好さんに相談したら、常連客向けのお菓子づくり教室を開催していると教えてくれた。わたしはお菓子づくりを習いたいとお願いし、通いながら原稿を書いた。自己流だった道具の持ち方、使い方は修正され、オーブンの火加減、数種あるクリームづくりの基礎を学ぶことができた。

こうした取材と体験を経て原稿が完成した。担当編集者からイラストレーターを選んだと連絡が入った。しばらくして表紙カバーのカラーイラスト見本が届いた。カワイイ登場人物はもちろん、スイーツの描写も見事だった。特にホイップクリームの飾り絞りのエッジがきいて美しかった。今回もすばらしい人を選んでくれた。

そして『パティシエ☆すばる　パティシエになりたい！』は二〇一二年八月に書店に並んだ。

一巻の発売から数週間後、担当編集者から、短い電話があった。

「初動売り上げの数字がよかったです。近いうちに増刷がかかるでしょう」

ずっと緊張していたので、こころからホッとした。じつはこのシリーズが動きだしたとき、担当編集者から販売戦略の提案があった。

「新作シリーズはテンポよく出し、書店と読者に存在を覚えてもらいましょう」

そう言われて焦ったが、一巻が本屋に並ぶころ二巻の原稿を編集部へ送った。この原稿が本になり書店へ配本されるのは一巻発売の二か月後だった。

わたしは、二巻の編集作業の合間にオーストリアへお菓子の取材旅行を計画した。取材で仲良くなった三好さんは、ウィーンで菓子づくりの修行をしていた。修行を終え帰国、店をオープンしてからも定期的にオーストリアを訪れていると言っていた。三好さんは秋に旅行を計画していて、わたしの仕事の役に立つかもしれないと、声をかけてくれたのだった。担当編集者はウィーンまで取材に行くことに驚いていたが、この時期なら日程には余裕がある。ウィーンのお菓子店を見てみたい。オーストリアのパティシエがつくるケーキを食べたい。そう思っていたが、少しの迷いがあった。

夫の体調がよくなかった。風邪のような症状が長くつづいていた。

「締切りが重なって、疲れが溜まっているだけ。気にしないでオーストリアへ行ったらいいよ」

彼の乾いた咳が気になっていたけれど、わたしは旅立った。

オーストリアでの一週間、食べたいケーキが多すぎて、毎日ケーキばかり食べていた。ウィーン郷土料理を食べたのは、帰国前日の夕食だけだ。三好さんが修行していた店やおすすめの店をめぐり歩いた。取材のメインは、オーストリア第二の都市グラーツだ。ウィーンから特急列車でおよそ二時間半、ここには彼女の友人が経営しているお菓子店があった。三好さんに通訳してもらい、見習いパティシエたちにインタビューをした。キッチンでケーキ製造の取材もできた。どれも素敵な経験だ。この取材をこれからどう物語に生かそうか？　メモをとり、写真を撮りながらわたしはワクワクしていた。

充実した一週間を過ごして帰国。夫の体調は出発前と変わりなかった。つまり、よくなっていなかった。かかりつけの医院へ行くことをすすめたが彼は仕事場にこもっていた。すべてにおいて優先することは、執筆だった。

初秋のある日、大学進学で家を離れていた娘が久しぶりに帰ってきた。時折ひどい咳をする父を心配する娘に説得され、夫はしぶしぶかかりつけの医院へ行った。それからは展開が早かった。総合病院で詳しい検査をすることになり、そこで病気が発覚した。わたしは夫に付き添い、さらなる精密検査のために専門病院を紹介された。肺がんと診断されすぐに大学付属病院へ入院となった。

わたしは三巻のプロットを出し、出版スケジュールの打ち合わせをするところだった。これからどうするべきか、迷った。三巻の出版日を決めて、原稿が書けない状況になってしまえば迷惑をかける。わたしは、担当編集者に京都へ来てほしいと頼んだ。待ち合わせ場所は東本願寺。京都駅からアクセスがいいし、たくさんの知らない人に囲まれるこの場所なら、落ち着いて話ができると考えた。わたしは御影堂の広い回廊の隅で、夫が肺がんで入院したことを告げ、『パティシエ☆すばる』をお休みさせてください」と申し出た。あのときは冷静でいたつもりだったが、振り返ると感情的な行動だ。お寺に呼び出されて彼女はきっと戸惑ったと思う。

夫の病状は手術の選択肢がなかった。抗がん剤治療と放射線治療だ。しかし抗がん剤治療は彼には合わず、途中で断念した。最後の手段と処方された新薬が、効いた。原発癌はみるみる小さくなり、翌年一月に山本は退院した。

わたしは病気と向き合いながら休まず原稿を書く夫を、朝から晩までハラハラして見守っていた。すると彼はため息をついて言った。

「ボクは治ったの。キミも仕事に戻りなさい」

それもそうだ。わたしが見守って寛解するものでもない。ハラハラ顔はストレスになるだけ。わたしは担当編集者に夫が退院したことを連絡し、これからは休まないで仕事をすると告げた。

＊＊＊

途中で担当編集者がKさんからYさんへ交代をしたが、『パティシエ☆すばる』のシリーズは一年に二冊のペースで新刊を出すことができた。山本が再入院して、旅立ってしまったあとも、ペースを保って原稿を書くことができたのは、いつも穏やかに接してくれた担当編集者と快く取材に応じてくださった三人のパティシエのみなさんのおかげだ。

児童文庫の書き手になって、これはチームでつくる本だと感じていた。あくまでわたしの感覚だけれど、作家はチームのなかの物語担当でイラストレーターはビジュアル担当。カバーイラストと本文中のイラストのマッチングはとても重要で、それを担っているのが担当編集者だ。原稿を読み込み、イメージに合ったイラストを描く人を探す。

自分以外のことはわからないが、わたしの場合は原稿を書き上げたらおしまいではない。作品をよりよくするため、担当編集者から意見と提案が入る。それを丁寧に話し合い、納得してから修正、加筆、削除をして再度原稿を提出する。編集部からオッケーが出て、わたしはようやく一息つく。

それからおよそひと月後「初校」と赤いスタンプが押された印刷原稿が送付されてくる。それは校閲者がチェックした原稿だ。校閲の仕事は、誤字脱字、表記の誤りはもちろん、書かれている内容にまで踏み込んで確認する。校閲から戻った原稿には毎回細かい文字でたくさんのチェックが入っていた。校閲者には感謝しているが、思いもよらないところを指摘され、頭を抱えることもたびたびあった。指摘に応えようとするとストーリーのテンポが悪くなったり、登場人物たちのキャラクターが変わってしまったりする。何日もかけてそれと向き合い、自分の直したいところの朱字も加えて編集者に返す。

原稿が整うと編集者はカバーイラストと本文イラストの発注作業に入る。イラストレーターはペン入れの前にラフイラストを描き、編集者と打ち合わせをする。わたしの物語の特徴だが、お菓子、料理の製作や生け花をいけるシーンなど、イラストは専門的な場面を描くことが多い。なのでわたしもイラストのラフを見せてもらい、編集者と話し合っていた。文章とイラストが合わないときは修正をお願いした。時にはわたしがシーンを詳しく説明した文章を書き、必要な資料とともに渡すこともあった。

こうした作業を経て一冊の本が完成する。見本が届き、手に取ったとき、チームでつくり上げた本だとしみじみした。作家は孤独というけれど、児童書作家のわたしはそう思ったことはなかった。

「パティシエシリーズ」の次に料理をテーマにした物語を三冊つくった。その次は「いけばな」がテーマのシリーズだ。これは、今まで経験したことのない方法で制作することになった。

このころから始まった「「新しい生活様式」の実践」で、出版社も対面を避けてリモートで仕事を進めるようになっていた。新作の打ち合わせを始めたのは二〇二一年一月からだった。これまで新作の企画は、担当編集者と対面で話し合ってきた。それが、このシリーズでは叶わなかった。たくさんのメールと電話で仕事を進め、八月末にわたしは『いけばな男子』の原稿を担当編集者Yさんへ送った。この作品のイラストレーターはなかなか決まらなかった。そこで彼女は講談社の公式サイトでイラストレーターを公募することにした。つまりこのシリーズはコンペで優勝した方がイラストを担当しているのだ。キュートな主人公と美しい花たち。この企画がなければ出会うことはできなかった。

顔を合わせなくても物事は進む。何も問題はないし、むしろ効率的だ。しかし対面することのない制作は、さびしく感じた。これは、わたしの我儘だ。このシステムに慣れないまま、二〇二二年、三冊の本を出版しこのシリーズが終わった。

＊＊＊

わたしには小説の師匠である夫に言っていない、本を書きたいもう一つの理由があった。彼は仕事が忙しくなっても、ずっと楽しそうだった。家族で食事をしているとき、休日に出かけているとき、彼の意識はフッと小説のなかへ飛んでいた。こころここにあらず、その横顔に「何をしているとき、しあわせを感じる？」とたずねたことがあった。ベタな返事を期待していた。が、返ってきた答えは「いいプロットができたとき！」だった。夫は小説のことしか、考えていないのか……。ため息が出た。こんなことを書くと小説に嫉妬しているみたいだが、それは違う。作家とは、こんなにも夢中になれる仕事なのか？　自分も同じことをして、確かめてみよう。そう思ったのだ。必死で取り組んだら、夫を巻き込んだら、わたしも同じ場所へ行ける。根拠のない自信があった。

そして、「つくもようこ」になって一七年が過ぎた。彼と立っている場所は違うが、物語を書く人のなかで自分の居場所を見つけることはできた。これから、どうしよう。

愛車キヨハル号で賀茂川へ向かった。北山大橋の少し南、川のなかに飛び石があり対岸へ渡ることができる。わたしは川岸に自転車を停め、飛び石を渡った。真ん中で立ち止まって小説のことを考えた。

物語を書くことは、楽しい。でも、楽しいだけでは済まされない。

川岸から見ていると穏やかな賀茂川だが、流れの真ん中に立つと水の流れの速さと勢いを感じる。飛び石に川の水がザブンザブンと当たり、わたしの足元を濡らす。

彼に小説の書き方を教えてと言ったとき、わたしは川岸にいた。児童書を書くようになってからは、飛び石の上にいるようだった。川の流れを時代の流れのようだと感じていた。わたしが子たちに伝えたいことは普遍的なことだと、流れに飲み込まれないよう踏ん張ってきた。

でも、川のなかも楽しそうだ。ふと、そんなことを考えた。

水に入って流されてみよう。沈んだり、浮き上がったりしながらのんびり進む。そして、気が済んだら岸へ上がろう。また新しいことが始まりそうだ。久しぶりに根拠のない自信が湧いた。

第 140 回直木賞受賞作
山本兼一『利休にたずねよ』（2008 年，PHP 研究所）

つくもようこ『パティシエ☆すばる　パティシエになりたい！』
（2012年，講談社　青い鳥文庫）

キミは文学を知らない

わたしは、自分の仕事の説明が苦手だ。書いた小説が出版されているので、大きなカテゴリーでいうと「作家」なのだろう。が、児童文庫のレーベルで書いている「児童書作家」だ。話の流れで「お仕事は?」とたずねられたときは「児童書を書いています」と答える。すると「児童文学ですか。夢のある仕事ですね」と言われたりする。深い意味などないのだろうが、この言葉をもらうとわたしはソワソワしてこう返してしまう。

「あの……児童文学ではありません、児童書です」

たずねた人の戸惑った表情にハッとして、言わなくてもよかった……、と後悔する。わたしは自分に「文学」という単語が向けられると、訂正せずにはいられないのだ。

なぜなら、わたしは文学を知らないから。

「キミは文学を知らないね……」

これは夫、山本兼一がわたしに投げた言葉だ。少し悲しそうな顔をしていたことを覚えている。ずっと忘れていたが、彼が亡くなってから思い出した。それ以来この言葉がずっとわたしの頭の隅にある。文学好きだった彼の本棚は、わたしがこころ奪われなかった作家と知らない作家、たくさんの詩集とマンガでいっぱいだ。どれもハードカバーで背表紙が日に焼けて傷んでいる。

学生のころずっと避けていた文学作品を読んでみようと思ったことがあった。となれば、安部公房、太宰治、夏目漱石あたりだろう……と、いくつかの作品を読んだ。感動した作品もあったが、わたしは文学の虜にならなかった。

夫に「キミは文学を知らないね」と言われてもしかたない。が、この指摘は正しくない。わたしは、文学に興味がないのだ。なので文学を「知らない」ではなく「知ろうとしない」が正しい。

＊＊＊

こんなわたしだが、幼いころから本は読んでいた。初めて好きになった本は、幼稚園の教室にあった『そらいろのたね』。主人公の男の子が空色のタネを土に蒔き水をあげる。すると空色の家が生えてきて、そこにたくさんの人と動物と住む物語だ。その次は小学二年生の学級文庫に並んでいた『ねずみとおうさま』。王冠をかぶったネズミの表紙がかわいい。読んでみたらストーリーもおもしろかった。読書で感動したのは、これが初めてだった。このワクワクした気持ちを誰かに伝えたくて、急いで家へ帰った。そして母にあらすじを話した。母は一日で一冊を読んだこと、物語をわかりやすく話したことを褒めてくれた。褒められて戸惑った。あのときのわたしは「おもしろいお話ね」と言ってほしかったのだ。

わたしが三年生になったある日、学校から帰ったら居間にぎっしりと本の詰まった棚が置かれていた。本は子ども向けの文学全集で「日本の名作」と「世界の名作」の二部構成だった。

この立派な全集がなぜわが家にやってきたか、子どもながら推理できた。わたしが小学生だった昭和四十年代は、こうした全集や百科事典を売るセールスマンが全国各地をまわっていた。カタログでパンパンになった黒い鞄を持った人が町内をめぐり、わが家にもやってきていた。母はあのカタログの商品を買ったのだ。

わたしは一冊手に取った。堅い表紙の本だった。パラパラとページをめくってみた。文字ばかりで、ところどころに黒一色の地味で不気味なイラストがあった。わたしの好きなやさしい色のイラストはなかった。

「こわいな……」

わたしはソーッと本を閉じ、本棚へ戻した。それからこの全集を手にすることは、なかった。こわいイラストの本より母が定期購読していた婦人雑誌のおいしそうな料理の載っているカラーページを見るほうが楽しかった。ある日の夕食後、母がおもむろに言った。

「せっかくいい本があるのだから、火曜日と木曜日は夕食後のテレビは禁止。「読書の日」としましょう」

突然の発表に驚いた。けれど、母にとっては突然ではなかったのだろう。娘が「せっかくあるいい本」を読もうとしない。だから強制的に読書の日をつくったのだ。きっとこの全集は高額だったのだろう。ひょっとしたら家計をきりつめて月賦で支払いをしていたのかもしれない。

一週間に二日もテレビが見られないなんて……。目の前が真っ暗だった。当時は気がつかなかったが、これは「人災」だ。出版社のセールスマンがわが家に来なかったら、母がこの全集の購入を決めなかったら、わたしは火曜日と木曜日もテレビを見ることができたのだ。

この文学全集は、小学校の図書室にある『ごんぎつね』『風の又三郎』『小公女』『赤毛のアン』など人気のある物語は入っていなかった。出版社の戦略なのか、ライセンスの問題なのか不明だがメジャー路線を外した作品ばかりだった。どんな物語が入っていたか？　必死で記憶をたどっても何一つ思い出せない。作品名、作者の名前の一文字も出てこない。思い出すのは、本の雰囲気だ。全体がどよんとしていた。

児童書の書き手にとって読者のこの反応はつらい。自分の作品がどこかの誰かに「どよんとした本」と言われていると想像すると、つらくて膝から崩れそうだ。なのでひと言付け加えておく。「これは個人の感想です」。この出版社の名前も作品名、作者名もわからないから、付け加える必要はない。が、同業者として書かずにはいられない。

母が決めた「読書の日」は、夜七時半から一時間だった。わたしはしぶしぶ本棚から一冊手に取り、読みはじめた。物語は覚えていないが、書きだしが暗いトーンだった記憶はある。物音一つしない部屋で、わたしはときどき柱時計を見上げては文字を追っていた。

「……よく、わかんないし、おもしろくない」

小さくつぶやくと、母はチラッとわたしを見て言った。

「そのうちおもしろくなるから、がまんして読みなさい」

「うん、ガマンする……」

そして読書の時間が終わると母は聞いた。

「どう、おもしろくなった？」

「ううん、ならなかった。でも、一つのお話は読み終わったよ」

本を読む楽しさのない不毛な会話だ。しかし、この経験は「つくもようこ」で物語を書くときにおおいに役立った。書きだしは、明るく元気に。読者が楽しむことを意識して、書く。そう決めていた。

小学三年生の夏ごろから始まったわが家の「読書の時間」は、寒くなってもつづいていた。幼いわたしは、考えた。この本をすべて読み終えてしまえば、またテレビを見ることができるはず。

あのころのわたしは、マジメでガマン強かった。かなりの月日をかけ、ついにわたしは「こども文学全集」を読破した。母と娘のガマン大会と化した「読書の日」は、わたしの血の滲むような努力をもって終わった。そして、何度も書くが本についての記憶は何もない。達成感はあったが、感動はなかった。

全集読破のご褒美は、本だった。母は「本屋であなたの好きな本を買いましょう」と言った。わたしが選んだ本は『クローディアの秘密』。イラストは黒一色でかわいいとはいえなかったが、「これはおもしろそう」と勘がはたらいた。そして、おもしろかった。ものすごくおもしろかった。初めて自分の勘のよさを実感した。

その年の冬から、わたしの通っていた小学校の正門に「移動図書館」が来ることになった。図書室の本とラインナップが違い、緊張した。どれにしよう？　本の背表紙をじっと見つめ、勘をはたらかせた。わたしが選んだ本は『青列車の謎』。表紙のイラストが不気味だった。題名の意味もよくわからない。が、ビビッと感じたのだ——「これは、おもしろそう」。作者はクリスティともう一人の日本人の名前があった。イギリスが舞台の物語で、初めて読む推理小説はとても楽しかった。

今、わたしの手元にある『青列車の謎』は創元推理文庫で長沼弘毅訳の本だ。久しぶりに読んでみた。設定は複雑で登場人物も多い。この物語が小学六年生のこころにどう響いたのか、自分のことながら不思議に思う。

そのころクラスでブームだった江戸川乱歩の『怪人二十面相』と同じシリーズだった。読みやすかったので、たぶん、児童向けに翻訳されていたのだろう。

中学生になって、この本の作者がアガサ・クリスティとわかった。そして彼女の作品がたくさん出版されていると知って興奮した。わたしはクリスティ全作品読破をこころに誓い、お小遣いで文庫本を集めはじめた。コレクションが充実してきた中学二年生のとき、事件が起きた。

ある日、学校から帰ると机の上に置いてあったわたしのアガサ・クリスティ・コレクションが見当たらない。ハヤカワミステリ文庫の『鏡は横にひび割れて』『ＡＢＣ殺人事件』『そして誰もいなくなった』、創元推理文庫の『クリスティ短編集Ⅰ～Ⅴ』が消えた。その代わりにルナールの『にんじん』、田山花袋の『蒲団』、川端康成の『雪国』……。覚えていないが、ほかにも新潮社の文庫本が机の上に積み上げられていた。まるで魔法にかかったようだ。こんな魔法をかける魔女は、母しかいない。

「お母さん、わたしの本はどこ?」

台所で夕飯の支度をする魔女は、振り向きもしない。その態度に腹が立ち、わたしは家を飛び出した。夕陽に照らされて、わたしの部屋の窓ガラスがキラキラ美しく輝いていた。そのキラキラの下に荒縄で縛ったわたしの本が置いてあった。

「拘束されたアガサ・クリスティ」をほどき、台所へ行った。おいしいご飯をつくる魔女は、わたしの抱えている本を見ても何も言わなかった。

部屋に戻り、少し考えてから母が選んだ本『にんじん』を開いた。家族から不当な扱いを受ける少年の物語だ。わたしは驚き、すぐ読むことをやめた。読み進めれば、「にんじん」が大人の愚かさを笑い、人間として成長していく様子が書かれているらしいが、行き着かなかった。ほかの本もパラパラと開いてはみたが、読む気持ちにはなれなかった。

「なぜ、こんなことをしたの?」

夕食のときにたずねた。母はじっとわたしを見つめて言った。

「本を読んでいる、と言うけれど、推理小説は本じゃないでしょ。だから本を置いたの」

本じゃない本ってなに？　忘れていた……、料理のレパートリーが豊富な魔女は「読書の日」を設定した人だ。母のいう「本」は「文学」。わたしにとって「文学」は「がまん」だ。

こんなことがあり、わたしと文学の関係はまた悪くなった。高校時代はアガサ・クリスティ、エラリー・クイーン、アーウィン・ショー、ジェフリー・アーチャー、常盤新平、植草甚一……。スリルとサスペンス、そして都会的な香りのする本に囲まれて過ごした。

わたしは常盤新平さんのアメリカを題材としたエッセイが大好きだった。のちに知ったことだが、わたしが初めて読んだクリスティの『青列車の謎』は、ポプラ社のジュニア世界ミステリーというシリーズの一冊で、翻訳者は常盤新平さんだった。驚いた、わたしは小学生のころから常盤さんの言葉選びが好きだったのか……。翻訳者が選ぶ日本語で、海外作品が近づいたり離れたりする。初めて出会ったクリスティ作品が常盤新平さんの翻訳だったから、わたしはアガサ・クリスティ作品のすばらしさに気づくことができたのかな、と思った。

「気づき」は植草甚一さんからももらっている。あのころのわたしは、好きな作家の著書はすべてそろえたいタイプの読者だった。しかし自由に使えるお金は限りがある。ならば古本屋で買えば安く手に入るが近所にはない。「駿河台下」へ行かなければ古本屋はないと思っていた。それは父が「大学の教科書を安く買うために駿河台下へ行った」と言っていたからだ。駿河台下は東京都千代田区、わが家からは遠かった。気合いを入れなければ、たどり着かない場所だ。

わたしは古本屋デビューできないまま短大生になった。ある日、植草甚一さんの『ぼくの読書法』と出会った。「ぼくは、つぎのような場合に、古本屋を歩きたくなる癖がある」と、箇条書きにしていた。「条件」ではなく「癖」と書くところが洒落ていて植草さんらしい。「そうか、古本屋はふらっと行くものなんだ」と思った。

肩の力が抜けたわたしは、数日後駿河台下へ行った。そして少し迷って靖国通りの古本屋を何軒か歩いた。好みの本とは出会えなかったが、本の町は居心地がよかった。

＊＊＊

夫が言った「キミは文学を知らない」――正確には「前から思っていたんだ。キミは文学を知らないって……」だ。こう言われたのは、わたしが山本兼一に小説の弟子入りをした四〇才を少し過ぎたころだ。そのとおりなので、傷つかなかった。これは「キミは泳げない」や「キミは高いところが苦手」と言われるのと同じ感覚。わたしの特徴の一つでしかない。あのときの会話のつづきは、こんな感じだった……。

「前から思ってたって、いつからなの？」

わたしはたずねた。

「……引っ越しを手伝ったとき」

夫の答えに驚いた。結婚前ではないか……。詳しく知りたくなり、つづきを促した。

「ボクの好きな本を見せたの、あの作家を覚えてる？」

そんなことが、あったような気がした。神吉拓郎か、島尾敏雄か、星新一だったかな？　わたしは覚えていないがうなずいた。

「忘れてるね……。そのとき、キミはパラッと本をめくってスッと本棚へさしたの。あとから見たら本の天地が逆でさ。あぁ、この人は文学に興味がないんだな、と思った」

彼はこう言った。いや、違う……。文学に興味がある、なし、ではない。忙しい引っ越しの最中にこの人は何を呑気なことを言っているの？　と、わたしはイラッとしていたのだ。

　これだけのエピソードで、夫はわたしが文学を知らないと思ったの？　思考が雑すぎる。

　そういえば、ついでに思い出した。あれは阿佐ヶ谷に住んでいたころだ。初夏の夕暮れどき、夫は一冊の本を、わたしに差し出して「どこでもいいから、声を出して読んで」と言った。小川国夫の小説か、萩原朔太郎の詩か……。もちろん覚えていない。朗読をリクエストされたことに驚き、断ることを思いつかず読みはじめた。ところどころなじみのない単語があり、読みづらかったし、楽しくなかったので数行でおしまいにした。二人の間になんともいえない空気が流れていた。夫はこの思いつきが大失敗だったことに気づいたのだろう。二度とこんなリクエストはなかった。

　長い間、彼がなぜこんな提案をしたのかわからなかった。ひょっとして、わたしに文学を教えようとしていたのだろうか？　夫は結婚前からわたしが「文学を知らない」と思っていたのに、伝えたのは京都へ引っ越してからだ。こんなに時間をかけるなんて。わたしに気を使ったのだろうか？　確かめることができず残念だ。と考えていたら、声が聞えた。

「キミはボクの好きな文学を知らない」

ひと言増えている……!? いや、最初からそう言っていたのかもしれない。それなら、お互いさまだ。

わたしは大好きなアガサ・クリスティの全作品を、くり返し読んでいる。彼女の作品のすばらしさだけでなく、生い立ちについて語ることもできる。一度だけ、夫にクリスティの作品をすすめたことがあった。彼の好きな詩人、田村隆一はクリスティの小説を何作も翻訳していた。わたしは、少しでも興味をもってほしくて彼に田村隆一訳の『スタイルズ荘の怪事件』を渡した。登場人物表を見るなり、「カタカナの名前が多すぎて、わけがわからない」と言い、わたしに本を返した。ならば……詩集はどう? と、わたしの好きな詩人長田弘さんとパーシー・ビッシュ・シェリーの詩集を見せた。あのときは、本を開くこともしなかった。

あなただって、わたしの好きな文学を知らない。お互いさまだよね。そんなことを考えながら、彼の本棚から一冊選び読みはじめた。何年経っても、読みづらいのは、変わらない。わたしが彼の好きな文学を知るには、かなり時間がかかりそうだ。

シークエル

夫は三六才で娘の父親になった。新生児のころは「抱っこがこわい」と、見ていることが多かったが、首が据わってからは胡座のなかに娘を座らせて、新聞を読むのが日課だった。

「見て、文字を読んでるみたいだ」

楽しそうだった。二年後に息子が生まれた。夫は息子も胡座のなかに座らせ、新聞を読んでいた。ベビーから幼児になっても、二人はお父さんの胡座のなかにいた。ときどき、おじいさんの胡座のなかにもいた。

わたしが台所で洗い物をしているとき、夫は子たちとレンタルビデオを観ることが多かった。ビデオデッキを操作しはじめると、義父は自分の部屋へ引き上げる。夫の観賞する映画は、子どもも向きではなく、自分の観たい作品だ。それにR指定がついていてもお構いなし。官能的、暴力的なシーンは、二人の目を自分の手で隠し、歌を歌って音声の邪魔をしてやり過ごしていた。

「教育上、よくないでしょ？　二人が寝てから観たらどうかな」

わたしは夫に言ったことがある。

「夜は原稿書くから。食休みの時間に観るのがちょうどいいんだ」

キッパリと言った。子ども第一（ル・ファースト）にしない、これが兼一お父さんだ。

こんなこともあった。娘が夕食で好物を最後に食べようと、お皿の上に残していた。すると彼は娘にひと言も言わず、ヒョイとつまんで食べてしまったのだ。驚き、ガッカリして泣きだす娘に、お父さんは言った。

「キライだから残したんでしょ？　だからお父さんが食べてあげたんだ。食べたかったの？」

娘の涙に驚いて顔をのぞきこんで聞いていた。わたしはそんな夫に驚いた。この様子をじっと見ていたからか、息子は好きなものを一番に食べていた。

娘が小学校へ入学するまでは、自宅の一室が仕事場だった。大学を退職後、二つのカルチャースクールで講師を務めていた義父も自室で授業の準備をする毎日だ。幼い子たちにきびしく言ったことはなかったが、机に向かう大人の邪魔をすることはなかった。むしろ邪魔をしたのはわたしで、夕飯の支度が忙しくなると、二人に耳打ちした。

「おじいちゃんのところか、お父さんのところへ、遊びに行ってごらん」

二人が部屋へ入ると、夫も義父も手をとめて遊び相手になってくれた。

＊＊＊

このころから夫は、歴史小説を書く準備を始めていた。家族旅行兼取材旅行へもよく出かけていた。愛車は中古のポルシェのカレラII。二人乗りのスポーツカーに四人で出かけた。ポルシェは後部にシートベルトつきオケージョナルシートが二つある。幼児を乗せるにはピッタリだった。信号待ちをしているとき、「四人乗ってる！」と周囲から驚きの視線を浴びて恥ずかしかったが、それもすぐに慣れた。

中古のポルシェを購入したのは、勢いだ。小説を書くために帰郷した彼は、小学校の同窓会に出席した。東京へ行っていたヤーケンが、帰ってきた。仕事は何をしている？　当然聞かれる。

「フリーライターや」

このひと言で「食べていけるのか？」「嫁と子どもが路頭に迷わないか？」と、質問攻めに合ったと言ってため息をついた。

「みんな心配してくれてるのと違う？　というか、ふざけてただけじゃない？　まぁ、なじみのない職業だからね」

わたしは、そんなことを言った記憶がある。この話はここで終わりと思っていたが、違っていた。よほど思うことがあったのだろう。同窓会から一週間後、夫は輸入中古車店へ行き、ポルシェの購入手続きを済ませてきた。もちろん、わたしには事後報告だ。呆れたけれど、わかりやすい行動だと思った。「フリーライターで食べていけるし、なんなら余裕ありまっせ！」がひと目でわかる。彼にこんな勝気なところがあるとは、知らなかった。

中古といってもポルシェ、そこそこの価格だったはずだ。購入価格を聞いたところで頭がクラクラするだけと思い、わたしは聞かなかった。いろいろな手続きに時間がかかり到着は二週間後。近所迷惑なエンジン音を轟かせてわが家にポルシェがやってきた。義父は驚きすぎて何も言わなかった。

この車はちょいちょい故障をしていた。そのたびに部品を海外から取り寄せ、修理。わたしは高額な修理費に呆れていた。夫の思いのこもった愛車との別れは、突然やってきた。取材兼家族旅行で滋賀県からの帰路だった。二才の息子が言った。

「車のお尻から、白いの出ているよ」

エンジンから出火!? ポルシェのエンジンは後部にある。二人が危ない! すぐに路肩に車を停め、脱出。幸いエンジンを切ったら煙はおさまった。そして記憶にないが、どうにかして家に帰り着いた。その後、わたしたちはこの車に乗ることはなかった。

二台目の車を選ぶとき、わたしは安心、安定の国産車を希望した。できれば新車に乗ってみたい。でも、ドイツ車のオペルだった。これはポルシェのせいだ。夫いわく、「手のひらでアスファルトをなぞっているような乗り心地」だ。この硬い乗り心地に子たちが慣れていた。国産車を借りて遠出したとき、そのやさしい乗り心地で車酔いをしてしまった。そして最後に乗っていたのはメルセデス・ベンツのステーションワゴン。これは火縄銃のためだ。

火縄銃の取材は、二回あった。最初は織田信長の鉄砲隊をつくった橋本一巴が主人公の『雷神の筒』で、次は鉄砲鍛冶師で発明家の国友一貫斎だ。夫は一貫斎の取材でお世話になった方から、火縄銃を手に入れていた。手に入れたなら実際に撃ち、感触を試したい。たくさんの手続きをし、彼も火縄銃を撃つことができるようになった。火縄銃は夫の趣味になっていた。定期的に遠方の射撃場まで車で移動していた。火縄銃の銃身は長いので積み込むのに苦労していたらしい。そんなとき、オペルが故障した。ならば……と、夫は火縄銃がすんなり入るサイズの車に買い換えたのだった。

＊＊＊

娘が小学六年生、息子が四年生のときに松本清張賞を受賞。それから原稿依頼が増え忙しくなっていった。二人の小学校時代は、都合をつけて運動会は見学に行っていた。中学へ入ると、それもむずかしくなった。中学校の行事に行ったのは、二回だった。一回目は娘の所属していた吹奏楽部の最後の公演を聴きに近くの大学のホールへ行ったこと。二回目は息子の進路指導の三者面談だ。二人が高校生になってからは、学校へは一度も行かなかった。

学校行事の参加はなかったが、親子の会話はしていた。ある日、娘が言った。

「お父さん、いつも同じ服着ているね」

夫は同じ服を着ていたのではない。同じパターンの服を着ていた。春・秋はワイシャツに綿のセーター、夏は馬のワンポイントがついたポロシャツで、冬はワイシャツにカシミアのセーターだ。ボトムスは素材の厚さに変化はあったが、一年中ベージュのチノパンで、釣りやキャンプなどアウトドアのときはブルー・デニムだ。

「……昔はオシャレだったんだよ」

お父さんは、娘にこんな返事をした。このとき娘はデジカメのなかに保存されてた家族写真を見ていた。写真のなかのお父さんは、どれも同じような服装で、写真をパッと見ただけではいつ撮影されたか判断できなかったのだ。家族の誰かが一緒に写っていれば推理できるが、彼一人だけでは撮影時期を特定するのに時間がかかった。

彼の名誉のために付け加えるが、いつもワンパターンだったが素材にはこだわっていた。毎年新品を買い求め、それを「取材・打ち合わせ用」の服としていた。一年着用すると、それが日常着となる。そろえるのはわたしだ。いつも同じパターンなので、本人がショップへ行かなくてもいい。買い物嫌いな彼とわたしがつくった便利なシステムだった。

ここで疑問が生まれる。服を買うことが面倒な彼が言い張る「昔はオシャレだった」の「昔」っていつのことだろう？　わたしの記憶のなかを探しても、オシャレな彼はいない……。

一度、夫に聞いたことがあった。

「どれくらい遡れば、わたしたち家族は「オシャレ兼一」に会えるの？」

「高校かな？　私服だったから。バン、VANを着てたの」

VANとはアイビールックを日本に紹介し、若者のファッション文化を変えたといわれているデザイナー石津謙介氏が興したブランドだ。本当？　金ボタンの紺ブレ、オックスフォード生地のボタンダウンのシャツにレジメンタル・タイにコットンパンツで決めたオシャレ兼一に会ってみたいと、三人で古い写真を探したが、見つけることはできなかった。

＊＊＊

娘が中学三年生、息子が中学一年生のとき『火天の城』の映画化が決まり、京都で撮影が始まった。わたしたち四人は、何度か撮影見学へ行った。最初に見学したのは下鴨神社だった。糺の森の一画にオープンセットが組まれていた。なじみの場所が、天正四年の熱田の作事場になっていた。たくさんの職人たちが忙しく働いていた。わたしたちはそこでの撮影をタイムスリップしたような気持ちで見つめていた。俳優、スタッフ、たくさんのプロフェッショナルの仕事を目の当たりにし、感動した。

夫は現場を案内してくれた映画監督の田中光敏さんに「ボクの頭のなかの妄想が、こんなに大勢の人を動かすなんて……。なんだか申し訳ない」と言っていた。じつは、これは家族みんなの感想だ。うれしい、誇らしいより、大変なことになったと思った。

そして『利休にたずねよ』も田中監督によって映画化された。

夫は、肩の力がいい具合に抜けた父親だった。

小学一年から高校三年まで二人の通知表を見て感想は述べていた。けれど、成績に意見したり、目標を定めたりはしなかった。ただ英語にはこだわっていた。娘が高校生のころ夕食後に教科書の音読を一緒にしていた。音読を終えて娘の部屋から出てきた夫は「案外、覚えているもんだな。でも、忘れていた単語もあったから勉強になるよ」と満足気に言った。娘のためだけでなく、自分のためにもなると一緒に勉強をしていたようだ。

子どもファーストではなく、ときどき自分ファーストになる〝お父さん〟だったが、子たちの言葉はちゃんと聞いていた。『まりしてん闇千代姫』を書くきっかけは、当時高校生だった息子のひと言「闇千代姫、知らないの？」だった。咳込むことが多くなった彼に受診するように言ったのは、大学生になっていた娘だった。わたしが何度言ってもダメだったのに「病院、行ったほうがいいよ。なんかあったら、行ってよかったとなるし。なんもなかったら、それはそれでよかったって、なるんやから」と、説得されてすぐに病院へ行った。

夫は二人をとても大切にしていた。けれど、子育てに深くかかわっていたわけではない。いつも自分のリズムで接していた。わたしは、自分にはできない距離感を保つ三人をうらやましく思っていた。穏やかな親子だった。娘が二一才、息子が一九才のとき、お父さんは亡くなった。

社会人になった二人は、ともに文章にかかわる仕事をしている。

＊＊＊

わたしは水のなかが苦手だ。みずから進んでプールや海へ行かなければ危険なことにはならない。わかっていたのに、泳げないのに、プールへ入って溺れたことがある。およそ三五年前だけれど、あのときのことは鮮明に覚えている。水のなかでジタバタしながら、わたしは反省していた。「らしくないことを、しなければよかった……」。

二六才だった。半年前に始めたフリーライターの仕事は順調だった。調子に乗ったわたしは、夫の誕生日にバリ島旅行をプレゼントしたのだ。

ヌサドゥアのリゾートホテルのプールが素敵にキラキラしていたので、つい入ってしまった。泳げないのに……。ここで死んでしまったら、部屋で好物のドリアンを丸ごと食べている夫は、さぞ驚くだろう。そして、わたしがドリアンの匂いが苦手で部屋を出たことを、彼は気づいてくれるだろうか。

水泳の授業、ちゃんと受けていたらよかった……。水中で抵抗することをあきらめて沈みながら考えていた。もう、ダメ……。と思ったそのとき、足先がプールの底についた。反射的にわたしはプールの底を蹴った。少し身体が浮き上がった。残っていた力で手足をバタバタと動かしたら、身体が進みプールサイドに手がかかった。わたしは必死でしがみつき、何度も深呼吸をした。生きててよかった……。

この情けない経験は、わたしのこころの基準になった。つらいことがあると、わたしはこのエピソードを思い出す。こころが苦しく悲しいとき、中途半端にあがかない。そんなことをしても状況の好転はない。だから動かない、考えない。プールのなかで沈んでいったときのように、つらさのなかに身を置き、じっと沈んでいく……。あの深いプールと同じように、つらさにも底がある。足の先がつらさの底についたと感じたら、こころの体力で底を蹴る。するとこころは浮上し、前に進むことができる。

山本の最初の入院は二〇一二年の一〇月だった。分子標的薬が効き、原発癌はみるみる小さくなり元気になった。しかし、この薬は長期使用すると患者によっては耐性化してしまう。彼の場合は薬が効いたのは約一年間だった。二〇一三年一二月、二度目の入院をした。

前回の入院と同様、夫は病室で二本の原稿を書いていた。一つは以前雑誌で連載していた作品の書籍化に向けての大幅な書き直しだ。登場人物は同じだが、物語は新作といえるほど変えていた。もう一本は、小説雑誌の連載だ。話すこともつらい状態で執筆していた。やがて酸素マスクをつけながらの執筆。わたしたち家族は、休んでとは言わなかった。原稿を書くことに集中すると現状を忘れられる、そう言っていたからだ。

二〇一四年二月のはじめ、いつものように彼の好物を持って病室に行った。

彼はベッドの上のテーブルにA４の紙と愛用しているシャープペンシルを用意して、わたしを待っていた。

スッと酸素マスクを外し、彼はわたしに「話がある」と言った。二月に入ってからは多くの言葉を話すことはできなくなっていた。そんな状態でも、言葉で伝えたいことがあるんだ。わたしは緊張を悟られないようにしてベッドサイドに立った。

「……とびきり屋シリーズの新刊……」

ゆっくり話しはじめた。わたしは、言葉を聞きもらさないよう顔を近づけた。

「タイトルのへんこう……」

そう言ってから、紙に文字を書きだした。

「『オール讀物』の九月号で付けたタイトルを、書籍にするときは「ものいわずひとがくる」という章タイトルに変更するのね。わかった」

わたしが答えると、ホッとしたような顔でうなずいた。これが彼と交わした最後の会話だった。そして数日後、彼はメモを見せた。


『とびきり屋シリーズ　新作』

『修羅走る関ヶ原』

印税二冊　入る

彼が伝えようとしていることがわかり、わたしの心臓がドクンと鳴った。

「入院、治療にはお金がかかるもんねー。大丈夫、わたしが編集さんと書籍にするから。印税は医療費だね」

わたしは、いつもより声のトーンを上げて答えた。

それから数日後、夫は旅立った。


告別式から数日過ぎたころだった。ある朝、わたしはコーヒーの香りで目が覚めた。

夫は、わたしより早く起きてコーヒーを淹れる。それをポットに入れ、仕事場へ持っていくことが日課だった。いつもわたしのために一人分は残してくれるが、考えごとをしている日は、それを忘れてしまいがちだ。コーヒー、わたしのぶん、のこしてあるかな……？　まだハッキリしない頭で考えてから、気がついた。

そうだ、彼はいないんだ。

これは姿の見えない夢？　いや、夢じゃない。信じられないけれどわたしの鼻はたしかにコーヒーの香りをとらえていた。

ここが悲しみの底だ。深く沈んでいたわたしは、グッとこころに力を込め、底を蹴った。

浮上して最初にしたことは、そのままにしていたメールを開けること。丁寧に読み、返信をした。自宅へお参りに来てくださった方と思い出話をしたり、仕事場の片づけをしたり、忙しく過ごしていたら満中陰を迎えていた。

彼がお世話になった担当編集者さんたちから、うれしい申し出が届いた。

「山本さんが残した原稿を、書籍にしましょう」

同じ世界で仕事をしていたので、本をつくる流れはわかっている。山本兼一の著作権継承者としての作業が始まった。

一冊目は「とびきりやシリーズ」として文藝春秋『オール讀物』で連載していたものだ。このシリーズはすでに三冊が書籍になっていた。収録作品がそろったので四作目出版の作業を進めるところだった。病室で彼から言づかった章のタイトルの変更を伝えた。本の題名は彼が決めていた『利休の茶杓』。わたしは初校校正だけおこない、あとは編集者さんに任せた。カバーイラストや本にかける帯について何度かやりとりをして、無事に校了した。夏のはじめ、担当編集者さんから見本が届いた。

わたしはいつものように本の姿を鑑賞した。表紙カバーには竹林のなかで寄り添う主人公夫婦が描かれている。仲良く何を話しているのだろう？　トビラは淡い若草色。初夏の配本らしい爽やかな姿の本だ。

本文をパラパラとめくり、最後に奥付を見た。「あっ?!」と、驚いて声が出た。第一刷発行日の日付が、わたしたちの二七回目の結婚記念日だった。二人で迎えることができない日を一緒に迎えたようだった。もちろん偶然、けれどたまらなくうれしかった。

次の作品は、集英社『小説すばる』で連載していた「修羅走る関ヶ原」だ。関ヶ原の戦いの一日だけを書いた群像戦記ものだ。表紙カバーは、黒一色で武士たちの戦いが描かれている。そこへ赤い文字でタイトルと作者の名前。『利休の茶杓』とは対照的な仕上がりだ。

彼と病室で約束した二冊は、無事出版することができた。残る原稿は、病室で書いていた『中央公論』の連載「平安楽土」と、大幅書き直しをしていた角川春樹事務所の『ランティエ』で連載していた「心中しぐれ吉原」だ。それから京都新聞ほか、数社の地方紙で連載されていた新聞小説「夢をまことに」。

「平安楽土」は一二回連載の半分の六回で終わってしまった。これは、書籍にはならない。新聞小説のほうは、書籍にするスケジュールが決まりつつあった。「心中しぐれ吉原」の書き直しは、あと一章分残っていた。完成させたかっただろうが、これでは出版できない。あきらめていたら、角川春樹事務所の担当編集者さんから連絡が入った。

「『心中しぐれ吉原』の原稿のファイルを、編集部へ送ってくださいませんか?」

原稿確認のため、わたしはファイルを開き原稿を読んだ。最後の章は、プロットのような散文だったが、どうにか物語として受け止められる。書かれている言葉は少ないが、この物語の最後にふさわしいと思った。

山本兼一は入院している間、一度もつらいと言わなかった。苦しかっただろう。痛みもあっただろう。なのにひと言も言わなかった。言わなかった言葉は、文字になっていた。それは未完成の最後の章にあった。

痛みからのがれたい。つらすぎる。

押し込み強盗に肩を刺され、命尽きようとしている主人公に語らせていた。わたしには、これが夫のつぶやきに思えた。

最後まで作家でいたかったのだろうか？　家族に心配かけたくなかったのか？　きっと両方だったのだろう。

原稿を担当編集者に送って数日後、「お会いして話したいので、京都へ参ります」と連絡が入った。

待ち合わせ場所へ行くと、担当編集者と書籍編集部部長がいらした。

「この作品を、書籍にしましょう。工夫すれば、作品として成立します」

部長の言葉が、こころに染みた。

『心中しぐれ吉原』の最後まで書けなかった章は「終章　甘露のしぐれ」。掲載は本文とフォントを変えてあった。ちなみにこのフォントの違いについての説明は、二〇一六年の文庫版の解説でわたしが書いた。

二〇一四年は、あっという間に過ぎていった。夫の本をつくりながら、自著も出した。

そして二〇一五年二月、一周忌法要の準備をしていた最中に、新聞連載をしていた作品「夢をまことに」の表紙カバーの見本が届いた。主人公の国友一貫斎が望遠鏡で月を見ている。表情は描かれていないが、楽しそうだ。題名もカバーも、山本兼一の最後の作品は前向きだ。

＊＊＊

無事に一周忌が終わり、わたしは一人、ぼんやり本棚を眺めていた。一階西側の壁は、全面つくりつけの本棚だ。家を建てた当初は余裕があったが、収まりきらない本が棚の隙間に詰め込まれている。少し、整理しないと……。そんなことを考えていたとき、コトンと玄関から音がした。これは、郵便物が配達された音。

わが家の郵便受けの差し入れ口は、外壁にある。ここから郵便物を入れると、玄関の下駄箱の上に置かれる仕組みだ。配達物が雨で濡れないし、回収も便利だ。

届いた郵便物は、A5封筒で差し出し人は小学館。封を切ると『永遠の詩シリーズ03　山之口貘』が出てきた。一周忌と合わせたように届いた詩集には、重版になった報告が入っていた。

「詩人になりたいと思ったきっかけは、山之口貘の詩を読んだから」。昔、聞いた言葉を思い出した。物書きを志すきっかけとなった憧れの詩人。その人の詩集にエッセイを書く依頼がきたことを、うれしそうに教えてくれた。詩集が重版されこうして届かなかったら、わたしはあのときの彼の喜びを思い出すことがなかっただろう。

そうだ。「生活の柄」だ。わたしは、目次を探した。

「山本さんは、気分がいいとカラオケで《生活の柄》を唄っていたんですよ」

東京から墓参りにきてくれた担当編集者さんが、墓所につづく石畳を歩きながら、教えてくれた。それは彼の好きなフォークシンガー高田渡さんが山之口貘の詩に曲をつけた楽曲だ。

「そんなこと、あったんですね。唄はお世辞にも上手といえないから……。なんだか、すみません」

わたしは、編集者さんに謝った。音程がしっかりしない夫の唄を思い出したのか、彼女はクスッと笑った。そしてなつかしそうな顔で、こうつづけた。

「……でも、山本さんのあの唄は、こころに染みました。山之口貘の詩が本当にお好きだったんですね」

この言葉を聞いたとき「生活の柄」を読んでみようと思っていた。なのに読んでいなかった。

歩き疲れては
夜空と陸との隙間《すきま》にもぐり込んで寝たのである
草に埋もれて寝たのである
ところ構はず寝たのである
寝たのであるが
ねむれたのでもあつたのか！
このごろはねむれない
陸を敷いてはねむれない
夜空の下ではねむれない
揺り起こされてはねむれない

この生活の柄が夏むきなのか!
寝たかとおもふと冷氣にからかはれて
秋は　浮浪人のままではねむれない

（山之口貘「生活の柄」『定本 山之口貘詩集 新装版』（二〇一〇年、原書房）一五八、一五九頁）

「生活の柄」は、明るい貧乏の詩だった。こんなことを書くと「やっぱり、キミは文学を知らないね」と言われそうだ。小学館から送られてきた詩集は、すべての作品に詩人井川博年さんが解説をしている。文学を知らないわたしは解説に助けてもらい読み進め、夫の書いたエッセイにたどり着いた。

山之口貘さんの詩集のあとがきを書けるのは、わたしにとって、たいへん感激的なことである。

そもそも、わたしが物書きになりたいと思ったのは、高校生のころ、貘さんの詩を読み耽《ふけ》ったのがきっかけだった。

貘さんの詩には、悠然とたゆたうような生き方がそのまま投影されている。そこに魅せられたわたしは、たとえ経済的には恵まれなくても、美しいことばを紡《つむ》ぎ続ける詩人という生き物に、強い憧れをいだいた。

——詩人というのは、なんて素敵な生き物なんだろう。

そう思ったのである。それからたくさん詩を読んだ。

（山本兼一「貘さんと地球」『永遠の詩③ 山之口貘』（二〇一〇年、小学館）一一五頁）

山之口貘を「貘さん」とよぶ文章から、彼の「好き」が伝わる。貘さんの詩のすばらしい点を三つあげて分析している。深く理解することはできなかったが、久しぶりに夫と会話をしたようで楽しかった。

詩集の最後に山之口貘の年表が掲載されていた。「１９６３年７月１９日　死去　公園墓地八柱霊園に眠る」とあった。

「……八柱霊園は、ここからどれくらい？」

わたしは二〇年以上前、夫から聞いた言葉を思い出した。あぁ、こういうことだったのか。

結婚したばかりのころ、わたしたち夫婦はよく散歩をしていた。目的地は決めない。勘を頼りに大通りから脇道を選び、知らない道を選んで歩く。そして知っている道に出たら、散歩は終わり。楽しかった。いつも散歩は阿佐ヶ谷周辺だったが、一度だけわたしの実家の近くを歩いたことがあった。昼食をとり、散歩しようと家を出たら夫がリクエストした。

「キミの好きだったところへ行きたい。案内して」

好きな場所は、覚えていた。友だちと自転車を走らせていた、ゆるやかな起伏がある空き地。サーキットみたいにグルグルまわれて、楽しかった。それから吾亦紅《われもこう》、萩、女郎花、藤袴など、秋草を摘んだ雑木林。どちらもわたしが小学生のころに空き地は整備され、雑木林は伐採され、住宅が建てられた。

「もう、ないよ」

「なら、小学校や中学校」

ニッコリして、歩きだすのを待っていた。そんなことを言われてもなぁ……。小学校は歩いて二〇分はかかるし、そこから中学校へも同じくらいかかる。

「ここから遠いし……」

「わかった。そしたら北へ向かって歩いていこう」

驚いた。ここの住人は東西南北を基準にして歩かない。

「北は、どっちだろう?」

「キミの生まれ育った場所だよね? どちらが北か、わからないの?」

こんな調子だったので、家を出て数分で散歩が紛糾してしまった。しかたなく彼が道を選び、わたしがついて歩いた。

「昔は、ここに何があったの?」

夫がときどきたずねた。

「たぶん畑。田んぼだったかなぁ……」

わたしが小学生のころには埋め立てが始まっていた。なのでよく、わからない。ただ開発の勢いが、すさまじかったことは覚えている。最寄り駅は私鉄電車の単線、小さな駅舎だった。そこへ東京の大手不動産会社が目をつけ大規模開発を開始した。長閑な風景はみるみる東京のベッドタウンに姿を変えていった。どんどん人口が増え、わたしが通っていた小学校は新学期を迎えるたびに転校生が入り、児童で溢れていった。在学中に小学校が新設され学区が変更となり「分校式」があったことを覚えている。こんな状態だったから、いくら歩いても住宅ばかり。二人の会話も弾まない。

「……ここから八柱霊園まではどれくらい?」

思い出したように夫が聞いた。八柱霊園とは、松戸市にあるが東京都の公園墓地の「東京都立八柱霊園」だ。わたしは霊園のことは知っていた。幼いころ父に車で何度か連れていってもらった。広々としているので、近隣住民にとっては公園のような存在だ。

「突然、どうしたの? たしか車で二〇分くらい。電車は三本乗り換えて八柱駅まで行ってから、バスに乗り換え、だったかな?」

わたしは、答えた。

「そんなに遠いんだ。もっと近いと思ってた。今からじゃ、無理だね」

そう言って、もと来た道を歩きだした。なぜ、八柱霊園の話などしたのだろう？　そう思いながら聞かずに歩いた。

阿佐ヶ谷から京都へ移って、わたしはすっかりあの日の散歩を忘れていた。一周忌を終えて届いたこの詩集のおかげで、わたしはようやく、あの日夫が考えたことがわかった。

わたしはしばらくこの詩集を手元に置き、そのときの気分でランダムに読んでいた。解説を読みながら貘さんの紡ぐ言葉をたどっていると、いつの間にか貧乏で明るい詩人に惹かれていった。生きている実感を思い出させる、このやさしく突き放されている感覚はなんだろう？

それは「視線」だ。わたしは詩人の使う言葉に詩人の視線を感じていた。

たしか以前もこんな気持ちになったことがある……。それは画家高島野十郎の《蝋燭》を見たときだ。見たといってもそれはテレビの画面からだ。残念ながら、実物の作品を鑑賞したことはない。

一本の蝋燭から炎が長く伸びて揺らいでいるだけ。わたしはその炎に見つめられているように感じ、ゾクッとした。炎から視線を感じた、あのときと同じ感覚。それは「あなたは　あなたを生きているか」と問われているようで、こころがざわついた。

自分を曲げずに生きていくことはむずかしい。信念や理想は、ときどきどこかへ置いておくほうが生きやすい。この二人は、そんなことはしなかったんだろう。自分にどこかうしろめたいところがあるから、わたしは作品から視線を感じたのだろうか？

＊＊＊

髙島野十郎は、画壇と交流をもたない孤高の画家だった。彼のアトリエが柏市にあったのは、以前見たテレビ番組で知っていた。山之口貘の詩集を読み、何年かぶりに野十郎のことを思い出したわたしは母に電話をかけた。

「昔、髙島野十郎って画家が柏に住んでいたんだって。知ってる？」

想像もしなかった答えが返ってきた。

「この近くよ。会ったことあるわ」

わたしの両親は結婚して、柏市増尾に家を建て生活を始めた。当時、家の周囲に民家は少なく田んぼと畑、林が広がる寂しいところだったらしい。

母はポツンと建つ隣家へ、半紙一帖とタオルを持って引っ越しの挨拶に行ったと言った。するとそこの住人に「わたしのところはいいから、先生のところへ挨拶に行きなさい」と言われたそうだ。後日同じ物を用意し、教えられた家へ向かった。それが髙島野十郎のアトリエだったのだ。

そこは田んぼから少し離れた坂道の手前に建っていた。簡素なつくりで小屋のような家だったそうだ。一度訪ねたときは留守で、二度目で会えたと言っていた。母の「先生」の印象は「おじいさん」だ。

当時の母は二十代前半。野十郎は一八九〇年生まれなので、七一才。たしかにおじいさんだ。半紙一帖とタオルを差し出し、引っ越しの挨拶をすると「わたしのところまで、来ることないのに」と言いながら受け取ってくれたそうだ。「半紙一帖とタオル」とは不思議な組み合わせだが、当時のあの辺りの引っ越しのご挨拶の定番だったらしい。

母のエピソードを聞き、気持ちが髙島野十郎に傾いたわたしは、もっと彼のことを知りたくなり書店へ行った。日本の洋画家、もしくは写実派を紹介する本のなかに、野十郎のページがあるかもしれない。当てもなく本を探した。そして棚の一番下で見つけた。『過激な隠遁　髙島野十郎評伝』（川崎浹著、二〇〇八年、求龍堂）。野十郎の評伝が出版されていた。

表紙カバーは《壺とりんご》をトリミングしたものだ。帯には頬杖をつく野十郎のモノクロームのポートレート。俳優のような佇まいだ。そこに書かれた文章を読んで驚いた。著者の川崎浹さんは、ロシア文学研究者でサヴィンコフの『テロリスト群像』の翻訳者だった。

この本は、学生運動が盛んなころ活動家たちのバイブルとなった本だ。将来は詩人か革命家になりたい。そんなことを思っていた兼一少年も、この本をもっていた。わたしがそのことを知ったのは、彼のエッセイだ。

私の本棚に、サヴィンコフの『テロリスト群像』を見つけたときの、母親の悲しそうな顔は忘れない。(『小説トリッパー』秋季号、二〇〇四年、朝日新聞出版)

人には出会うべくして出会う運命の本があると信じている。スッと手のなかにやってくる一冊。この本は、わたしの運命の本だ。

この本はすぐに読み終えた。が、こころがソワソワしてスッキリしない。そこで、考えた。『過激な隠遁　髙島野十郎評伝』と山之口貘の詩集を、数ページごとに交互に読んでみよう。

貘さんの詩「来意」を読んだあと、川崎浹さんの『髙島野十郎評伝』「第五章　増尾のアトリエにて」を読むと、この二人の女性に対する考え方、振る舞い方がまるで違うことがわかった。惚れっぽい貘さんと、女性に親切にされることを嫌う野十郎。貘さんの「夜」を読み、野十郎の「月は闇をのぞくために開けた穴」を読んだ。はじめに感じた問われているような視線は、もう感じなくなった。夫がエッセイで貘さんは「宇宙規模の壮大な視点を獲得した」と書いた気持ちが、少しわかった。この読書方法は、楽しかった。

サヴィンコフの翻訳者は野十郎に会うため、何度も増尾のアトリエを訪ねていたそうだ。鄙びた景色のなかを歩きながら、彼は何を思ったのだろう？　野十郎は川崎氏に「ここはわたしにとっては天国だ」と言ったと書いてある。自分の生まれ育った場所を「天国だ」と思ったことがないわたしは、ただ驚いた。

わたしが赤いランドセルを背負っていた時代、まだ野十郎はこの土地にいた。もしかしたら彼とすれ違っていたかもしれない。そんなことを想像すると、こころがゾワゾワした。

しかし野十郎の「天国」での暮らしは長くつづかなかったらしい。地主が東京の大手不動産に田んぼと畑、林をまとめて売り、土地を借りていた彼は立ち退きを迫られたのだ。アトリエが壊され、わたしの好きだった風景がブルドーザーで削られ、畑と田んぼは埋められ、今の町ができ上がった。

＊＊＊

わたしは、ときどき「あなたは強い人」と言われる。

いいときも悪いときも現実と向き合い、それを受け入れる人でいたい。そう願って生きてきた。それが「強い人」なら、その評価はうれしい。

夫が旅立って一〇年経った。紛糾してしまったあの日の散歩のやり直しができたら、と思う。最初に大徳寺の髯の和尚が住んでいた少林寺へ行こう。それから野十郎が「天国」を追われ、最後のアトリエを構えた場所へ。その後は、わたしの好きだった場所を歩こう。田んぼと里山の境目に建っていた炭焼き小屋。鶉の親子と出会った雑木林。可憐な秋の花を摘んだ裏山、そして母に髙島野十郎の家へ行くように言った老夫婦が住んでいた家、そして最後は《蝋燭》や《月》を描いた増尾のアトリエ……。

どこも住宅が建っているだけ。難易度の高い想像散歩だ。彼が退屈しないよう、思い出を話しながら歩こう。

目の前に広がる現在の景色のなかに、見たい風景を想像して歩く。歴史小説作家は、そんな歩き方が上手だ。きっと楽しい散歩になるだろう。

装幀

野田 和浩

山本英子（やまもと ひでこ）

1963年千葉県柏市生まれ。

編集プロダクション勤務を経てフリーランスライターとなる。

1992年より京都市在住。

2006年『魔女館へようこそ』（ペンネーム「つくもようこ」）で児童書作家デビュー。

作品はほかに『パティシエ☆すばる　パティシエになりたい！』『ねこやなぎ食堂』『イケバナ男子』など。

山本兼一（やまもと けんいち）

1956年京都市生まれ。

1999年『弾正の鷹』で『小説NON』創刊150号記念短編時代小説賞佳作。2004年『火天の城』で第11回松本清張賞，2009年『利休にたずねよ』で第140回直木三十五賞を受賞。

2012年第30回京都府文化賞功労賞受賞。

作品はほかに『白鷹伝　戦国秘録』『信長死すべし』『千両花嫁　とびきり屋見立て帖』『いっしん虎徹』『狂い咲き正宗　刀剣商ちょうじ屋光三郎』など。

2014年逝去。

灯光舎　本と人生

キミは文学を知らない。
小説家・山本兼一とわたしの好きな「文学」のこと

二〇二四年五月一〇日　初版第一刷発行

著　者　山本英子
装　幀　野田和浩
発行者　面髙悠
発行所　株式会社灯光舎
電　話　〇七五（三六六）三八七二
ＦＡＸ　〇七五（三六六）三八七三
印刷・製本　創栄図書印刷株式会社
用　紙　株式会社松村洋紙店

ISBN978-4-909992-10-9　C0095
Printed in Japan

「灯光舎　本と人生」刊行予定

第2巻
『本棚の記憶』（仮）　三中 信宏　2024年秋 発売予定

第3巻
『読書と建築』（仮）　光嶋 裕介　2025年秋 発売予定

「灯光舎　本のともしび」（第1期全5巻）（既刊）

『どんぐり』寺田寅彦／中谷宇吉郎
本体価格1500円＋税
ISBN978-4-909992-50-5

『石ころ路』　田畑修一郎
本体価格1700円＋税
ISBN978-4-909992-51-2

『かめれおん日記』　中島 敦
本体価格1700円＋税
ISBN978-4-909992-52-9

『木の十字架』　堀 辰雄
本体価格1700円＋税
ISBN978-4-909992-53-6

『シュークリーム』　内田百閒
本体価格2000円＋税
ISBN978-4-909992-54-3